同じクラスの高嶺《たかみね》くん
通称『高嶺《たかね》のプリンス』は
すき～♡
たかみねく～ん
かっこい～
勉強も運動も完璧で学校中の人気者
なんかあの笑顔うさんくさい
童話に出てきた王子様とはなにかが違う…
気がする

そんな私の予感が当たっていたなんて――…
音楽室
俺――…
日吉さんのこと気になってるんだよね
は…?
っ…!!
バチーンッ
なにしてんのよ! 最っ低!!!
ちょっ
ちょっと
…ちっ
みんなのプリンスの正体は――…

お前さぁ
なんで騙されないわけ？
プリンスの仮面をかぶったとんでもない悪魔だった
っ――…
意地悪で
大嫌いだったはずなのに
無理して話さなくて
っ――…
怖かった…っ
素直じゃないお前をあやすのは俺の役目な
きみの優しい素顔――…知ってしまった

――……ねえ
なんで自分を偽ってるの？
本当の気持ち
あたしにくらい教えてよ
高嶺が幸せに
なりますように
それ以外
もうあたしが
願うことなんてない――……

野いちご文庫

素直じゃないね。

SELEN

STARTS
スターツ出版株式会社

CONTENTS

chapter 1

chapter 2

chapter 3

chapter 4

chapter 5

CHARACTERS

日吉《ひよし》つかさ

高2。親友の乃亜のことが大好き。過去のある出来事がきっかけで男子が苦手になった。高嶺のことを「うさんくさい」と思っていたが、なんと高嶺にファーストキスを奪われてしまい…!?

Tsukasa Hiyoshi

高《たか》嶺《みね》悠《ゆ》月《づき》
通称「高嶺のプリンス」。容姿端麗、成績優秀な完璧男子。しかし、つかさに裏の顔があると見破られてしまう。仮面をかぶっているのは、過去の秘密が関係している…？
yuduki takamine

chapter 1

「高嶺って書いてタカミネくん」

「つかさちゃんつかさちゃん！　私たち、同じクラスだよっ！」

昇降口《しょうこうぐち》に貼《は》りだされたクラス表の前。

隣に立つ親友の水内乃亜《みずうちのあ》が、あたしの腕《うで》を揺《ゆ》すりながら興奮気味に二年Ｄ組の欄《らん》を指している。

桜舞う四月。今日から、新学年。

乃亜が指さす方に視線を向ければ『水内乃亜』と書かれている数行上に、『日吉つかさ』の文字を見つけて。

「あ、ほんとだ！」

あたしも思わず、弾《はず》んだ声をあげた。

「うれしいなぁ、つかさちゃんとまた同じクラスなんて。一年生のときから、ずうっと一緒《いっしょ》だねっ！」

あたしより頭一個分ほど小さい乃亜が、こちらを見上げてにこーっと笑った。

……なに、このかわいい生き物っ！

相も変わらず、ズッキュンと心臓を射抜《いぬ》かれる。あたしは、この天使につくづく弱い。

黒い髪《かみ》をおさげにして、その小顔には釣《つ》りあわないほど大きな黒縁眼鏡《くろぶちめがね》をかけている乃亜は、今日も抜群にかわいい。トレードマークは、眉《まゆ》に沿って綺麗《きれい》なカーブを描《えが》いているぱっつん前髪。

引っこみ思案《じあん》な性格が災いしてか、男子が言いよってきたことはないらしいけど、それがあたしにとっては謎すぎて。乃亜ほど、つぶらでパチクリとしたかわいい瞳《ひとみ》を持つ女子なんて、ほかにいないのに。

こんな天使みたいな子に振り向かない男子たちに、『お前らの目は節穴《ふしあな》か！』って言ってやりたいくらい。

もう何度考えたかわからない乃亜のかわいさについて、だれに言うわけでもなく脳内で熱弁していると。

「つかさちゃん、D組行こうかっ！」

「あ、うんっ」

乃亜に手を引かれ、あたしたちはこれから一年を過ごす新しいクラスへ向かった。

今日から二年生だから、教室も二階に変わる。

一年生のときは一階だったけど、これから毎日階段を上がらなきゃいけない。夏とか大変だなぁ、なんて、そんなことを考えながら廊下《ろうか》を歩いていると。

「キャー！　高嶺くんだ！」

「今日もかっこよすぎ！　さすが学園のプリンス～」

D組の前にできている女子たちの人だかりに、あたしと乃亜は足を止めた。

黄色い悲鳴に、なにが起こっているのかと思わず眉をひそめる。

「なになに、何事？」

すると、ポンと手をたたき、なにかを思い出したような乃亜。

「あぁ！　そういえば、プリンスも同じクラスだったっけ！」

「へ？」

ぷりんす？　……いやいや、なにそのちょっと寒いあだ名。

会ったこともないプリンスとやらを心の中で小ばかにしていると、そんなあたしの様子に気づいたのか、乃亜が驚《おどろ》きの声をあげた。

「もしかして、つかさちゃん、プリンスのこと知らないの？」

「うん、知らない。だれのこと？」

「とっても有名な人だよ～？　高嶺悠月くん」

「タカミネ？」

「そうそう！〝高嶺《たかね》の花〟って言葉があるでしょ？　その高嶺って書いて、タカミネくん」

「ふーん」

違《ちが》うクラスの人のことを全然把握《はあく》してないあたしには、その名前は初耳で。

「どんなにかわいい子が告白しても振られちゃうから、高嶺《たかね》のプリンスって呼ばれてるんだよ」

「へー」

乃亜はあたしの腕を引っぱって人だかりに近づくと、背伸《の》びをして、ある男子を指さした。

「ほら、あの彼《かれ》！」

乃亜と同じように背伸びをすると……いた。人だかりの中心にいる〝プリンス〟とやらが。

肌荒れを知らない陶器《とうき》のような綺麗な肌に、スッと通った鼻筋《はなすじ》、血色のいい唇《くちびる》。

おまけに、スラッとした抜群のスタイル。

漫画の中から飛び出してきたかのような整った容姿の彼は、まわりの女子に甘い笑みを振りまいて、ニコニコと応対している。

「おはよう、高嶺くん♡　今日もかっこいい！」

「おはよう、なつみちゃん。なつみちゃんこそ今日もかわいいよ」

「高嶺くん！　今日をがんばるひと言ちょうだいっ！」

「がんばり屋のさやかちゃんなら大丈夫《だいじょうぶ》。俺が応援《おうえん》してるから」

「高嶺くん、愛してるーっ！」

「ありさちゃん、俺も」

プリンスがなにか言うたびに、まわりの女子から黄色い悲鳴があがる。

……なにあれ。なんていうか、アイドルのファンミーティング、みたいな？

「す、すごいね」

踵《かかと》を床《ゆか》につけ、引き気味にあたしが言うと、乃亜が力強くうなずいた。

「高嶺くん、かっこいいだけじゃなくて、成績も学年トップだし、運動神経も抜群なのっ！」

「へ、へぇー……」

「それだけ完璧なのに対応がよすぎるから、女子から大人気なんだ！」

まぁ、たしかに、かっこいい。少なくとも、あたしが出会ってきた男子とは比べものにならないほど。

……でも、なんだか違くない？

女の子の名前全部覚えてるみたいだし、受けるのは軽いって印象。それに……。

「なんか、あの笑顔うさんくさい気がする」

「ええっ？」

「仮面でもかぶってるみたい」

ぽつりと本音が口からこぼれでた。

あまりに完璧すぎて、作り物みたいだ。あたしが読んだ童話に出てきたプリンスとは、なにかが違う……気がする。

「……まっ、そんなわけないか」

あたしってば、初対面の人に対してなに深く考えてるんだろ。こんなこと思ってるの、あたしだけだよね。ほら、プリンスのまわりの女子たちなんて、みんな目をハートマークにしてるし。

「さ、乃亜、教室入ろー。春休み中のこととか話したいし！」

あたしにとっては、プリンスなんかより、かわいいかわいい乃亜に癒《いや》される方が優《ゆう》先事項《せんじこう》だ。

「なんで騙されないわけ？」

授業が始まってからも、プリンス──高嶺の人気は絶大だった。

あたしの左なな め前の窓際に座る高嶺へ、女子たちは絶え間なくちらちらと視線を投げかけているし、休み時間になれば、高嶺の机のまわりにたちまち人だかりができる始末だ。

それに、女子だけでなく男子もよく高嶺に話しかけているのを見ると、人望はそうとう厚いらしい。あれだけ人あたりがいいのなら、一方的にうらまれたりひがまれることもないのだろう。

座る位置は近いのに、やっぱり遠い存在の人だ。たとえクラスが同じだとしても、高嶺みたいな人気者とはまったくかかわりなく二年生を終えるんだろう。

なんて思っていた矢先。思いがけない形で、あたしは高嶺とかかわりを持つことになる。

それは、その日の放課後のこと。掃除《そうじ》場所から教室に戻《もど》り、帰る準備をしようとしたあたしは、机の中に身に覚えのないルーズリーフが入っていることに気づいた。それも、見つけやすいようになのか手前に置いてあって。

「なにこれ」

不思議に思いながらも、四つに折りたたまれたそのルーズリーフを開いて、文面に視線を走らせる。

【日吉つかささんへ。

話があります。音楽室にひとりで来てくれないかな。待ってます。高嶺悠月】

ルーズリーフに並んだ綺麗な字を見つめて、思わず固まる。

え？　あの高嶺からの手紙……？　話ってなに？

反射的にあたりを見回すけど、高嶺の姿は見あたらない。

手紙には『ひとりで』と書かれている。音楽室でふたりきりになるのだろうか。そうであれば、それはあたしにとって避《さ》けたい状況《じょうきょう》だ。

でも、あたしになにか用があるなら、それを無視するのもよくないし……。もしかしたら、教室では言いにくいようなプライベートな話なのかもしれない。

あたしは苦渋《くじゅう》の選択《せんたく》の末、ルーズリーフを握りしめ、教室を出た。

それにしてもなんの用だろうかと、いまだ見当《けんとう》もつかないあたしは、廊下を歩きながら首をひねる。

クラスが同じとはいえ、まだ新学期初日。あっちがあたしの存在を知ってたことに驚きだ。

疑問符を浮《う》かべながら、三階の一番端《はし》にある音楽室のドアを開ける。

視界が開けた瞬間《しゅんかん》、音楽室特有のにおいがむわっと襲《おそ》いかかってきた。

ガランとして、電気もついてない薄暗《うすぐら》い音楽室。ドアの正面——窓にもたれかかるようにして、高嶺が立っていた。

あたしの姿を認めるなり、「あ、日吉さん」と声をあげて、こちらへ歩いてくる。

日の光を背に受けているせいか、高嶺の表情は陰《かげ》になって細かくはわからない。だけどあちらから見たら、あたしの姿ははっきり視認《しにん》できているのだろう。

「来てくれてありがとう。わざわざ呼び出して、ごめんね?」

「別に。それより、用ってなに?」

ふたりきりというこの状況をなるべくはやく脱したくて、腕を組み目を合わせないようにそっぽを向いて言ったあたしは、ふと高嶺が近くまで迫《せま》った気配に気づいた。

「実は——」

あたしが反応する間もなく、あっという間に距離《きょり》をつめてくる。

そして、至近《しきん》距離で瞳をのぞきこんでくる高嶺。綺麗な顔が容赦《ようしゃ》なく近づき、心臓がざわめく。

「なっ……」

あとずさりしようとしたあたしの手を、すかさず高嶺がつかんだ。

「俺、日吉さんのこと気になってるんだよね」

「……は？」

予想だにしなかった言葉に、思わず固まる。

ま、待って。意味わかんないんだけど。

あのプリンスが？　いやいや、ありえないでしょ。

「それ、人違いとかじゃな……」

笑いながら否定していると、ふいにあたしの上に影《かげ》が落ちた。

それと同時に、自分の声が途切《とぎ》れたのを、この耳で聞いた。

続きを言おうにも、口がふさがれていた。

唇にあたる、やわらかい感触《かんしょく》。目を見開けば、視界いっぱいに映るのは綺麗な高嶺の顔。

高嶺はあたしの手をつかんだまま、もう片方の手であたしの顎《あご》を持ちあげていて。

――は、あ、え？　あたし、キス……されてる？　高嶺に、今……。

数秒思考が停止して、状況を把握したとたん。体が一気に熱を持った。……怒《いか》りで。

「……ん、ちょっ……ちょっとなにしてんのよーっ！」

パシンッ。

乾いた音が音楽室に響《ひび》いた。怒りに任せて放った平手打ちは、高嶺の頬《ほお》にクリーンヒット。

「最っ低！」

感情のまま、怒鳴《どな》り声を張りあげる。

高嶺の表情は、乱れた前髪に隠《かく》れてうかがい知れない。だけど、あたしが怒りに肩《かた》を震わせていると、ぼそっと小さくつぶやいた。

「……ちっ。めんどくせぇ」

……はい？　今、舌打《したう》ちした、よね？　それに、言葉づかいも声のトーンも、教室で聞いていたのとまるで違う……。

やがて高嶺がゆっくりと顔を上げた。

その表情は、見ればわかるほど不機嫌《ふきげん》オーラＭＡＸで、あたしは思わず息をのんだ。

キラキラしていた瞳は、今はもう明かりを灯《とも》していない。わずらわしい虫ケラでも見るような目で、あたしを視界にとらえている。

高嶺が、再び口を開いた。

「お前さぁ、なんで騙されないわけ？」

「……っ」

高嶺がかぶっていたプリンスの仮面が、メリメリと音を立てて崩《くず》れ落ちていく。

朝から見ていた記憶《きおく》の中のプリンスと、視界が把握する目の前の男が重ならない。

あの笑顔のかけらすら、今はもう形を成していない。

「なんで俺が本性隠してること知ってるんだよ。朝、言ってたよな？　うさんくさいって」

冷えきったトーンに、心臓が縮こまるような感覚を覚える。

あのときの会話、聞かれてたんだ……。

高嶺を初めて見た今朝から、うさんくささを感じていた。だからあたしは今、冷静にこの状況を受けいれつつある。やっぱりプリンスなんて表面上だけの仮面で、この男の本性は、今の姿にほかならない。

あたしは震える手をぐっと握りしめ、伏《ふ》し目がちにかたい声を放った。

「見てたらわかる。笑顔、無理してるって感じで」

再び舌打ちをする高嶺。

みんな騙されてるから勘違《かんちが》いかと思った。でも、今確証を得た。

「まさか、こんな裏の顔を持ってたなんてね。あんたの素顔、みんなにバラすから！」

こんな黒い本性、みんなが知ったら、ちやほやされるのも終わり。

さっきのキスと甘い言葉は、口封じだったというわけだ。あたしが、高嶺の虜《とりこ》にでもなって、その仮面に騙されるように。うさんくさいなんて、もう二度と思わないように。

そんな理不尽《りふじん》すぎる理由で大切なファーストキスを勝手に奪《うば》われて、黙《だま》っていられるはずがない。

だけど予想に反して、高嶺の憎らしいほどに余裕《よゆう》な無表情は少しも崩れなかった。それどころか、人を小ばかにするような笑みをこぼす。

「勝手にすれば？」

「え？」

「やれるもんならやってみろよ。お前の虚言《きょげん》だって言いふらすから。お前と俺、まわりはどっちを信じるだろうな」

「なっ……」

この悪魔、イケメンという名の権力を、あますことなく振りかざしているんですけど……！

言い返せずわなわな震えていると、高嶺があたしの肩に手を乗せ、耳に口を寄せた。

「痛い目見たくなかったら、このことは黙ってるのが賢明《けんめい》なんじゃねーの？」

溶《と》けるような、甘ったるい声。でも今は、悪魔のささやきにしか聞こえない。

立ち尽くすあたしを取り残して、高嶺が音楽室を出ていく。

遠ざかっていく足音と、自分の騒《さわ》がしい心臓の音だけが耳に響く。

あたしの鼓動《こどう》はこんなに乱されてるのに、あいつの足音は余裕で、何事もなかったようにかったるそうなリズムを刻んでいて。

新学期早々、あたしはとんでもない悪魔の本性を見つけてしまった。

「気づいてないとでも思ったのかよ」

まだ、あのときの熱が唇に残ってる。

「ファーストキスだったのに、ばか……」

次の日。教室の机に突っ伏し、あたしはだれにも聞こえないほどの小さな声でつぶやいた。

高嶺と目が合うと、嫌でも昨日のことを意識せずにはいられなくなってしまった。

一方の高嶺はというとキスのひとつやふたつなんでもないようで、今朝目が合ったときなんて、意地悪な笑みすら向けてくる余裕ぶり。

なんか……負けたみたいで腹立つ。

「はぁ～……」

深い深いため息をついたとき。

「つかさちゃん……だいじょぶ……？」

ためらいがちな癒しボイスが降ってきた。この癒し効果ＭＡＸの声の持ち主は。

「乃亜ぁぁ！」

ガバッと顔を上げれば、心配げな表情を浮かべた乃亜がちょこんと首をかしげ、あたしの机の前に立っていた。

「元気ないけど……なにかあったの？」

乃亜の姿を見て、一瞬《いっしゅん》で完全復活してしまった単純なあたし。

でも、心配してくれる乃亜があまりにかわいくて、もっと心配してほしくなっちゃって、『実は、昨日』そう言いかけたとき。どこからともなく冷たい視線を感じて、あたしはびくっと肩を震わせた。

おそるおそるそちらを見やると、案の定高嶺がこっちをにらんでいて。

相変わらずの地獄耳。たくさんの女子に囲まれてるくせに、すうっと目を細め、〝そいつに話したらどうなるかわかってるんだろうな〟と目で脅《おど》してくる。

まわりの女子たちは、目がすっかりハートマークになっちゃっているせいか、高嶺の異変にはまるで気づいていない。

昨日のことを言ったら乃亜にまで危険が及ぶと、瞬時に危険を察知したあたしは、乃亜に向かってあわててぶんぶんと手を横に振った。取りつくろった笑顔つきで。

「ごめん、なんでもないっ！　いつもどおり元気だよ！」

「ほんと？　ならよかったぁ」

安堵《あんど》してくれたのか、ほわほわっと頬をゆるませる乃亜。

うう。まさか、乃亜にうそをつく日がくるなんて。

いろんな意味で朝からＨＰを削《けず》られ、残りのＨＰも少なくなって迎《むか》えた休み時間。

「だれか、この教材を資料室まで運んでくれないか」

授業が終わって、机に肘《ひじ》をつきぼーっとしていると、前の授業の先生が教卓《きょうたく》の上のダンボールを二個たたきながらそう言った。

でも貴重な休み時間をつぶされてしまうからか、先生から目をそらして、だれも声をあげない。

シーンと教室が静まりかえったとき。

「俺、行きますよ」

静寂《せいじゃく》を破った、低くて甘いにこやかな声。

声をあげたのは、高嶺だった。

「おお、高嶺。助かるよ。でも……高嶺ひとりじゃなぁ」

労《ねぎら》いの笑顔を浮かべたのもつかの間、先生はまた困った表情を浮かべた。

そう、ダンボールはふたつ。大きさもそれなりにあるから、高嶺ひとりじゃ運べない。

でも、高嶺が運ぶということで、先ほどまでとは一転、あんなに静かだった女子たちが一斉にざわめきだす。

「高嶺くんが行くなら、私が……」

「えー、私もーっ！」

教室のいたるところで次々に手が挙がり始めて。

だけど、そんな状況を知ってか知らずか、高嶺は先生の方を向いたまま、再び口を開いた。

「大丈夫です。一緒に行ってくれるって言う子がいるんで」

そこで声が途切れて、なぜかまた教室が静まりかえったことに気づき、ぼーっとやり取りを聞き流していたあたしは反射的に顔を上げる。

すると、なぜかこちらを振り返っている高嶺と目が合った。

……ん？　なんで高嶺、こっち見てるの？　しかも、なんでそんなに笑顔？

「行ってくれるよなー、日吉さん？」

有無を言わせぬ威圧感《いあつかん》。

前言撤回《ぜんげんてっかい》します。やっぱりこいつ、目はちっとも笑ってなかった。

——そして数分後。あたしはダンボールを持ち、高嶺と並んで廊下を歩いていた。

半ば脅迫《きょうはく》に近い感じでやらさせた役回り。なにが好きで、高嶺と並んで歩かなきゃいけないのよ。

　募《つの》る不満に、頬を膨《ふく》らませる。すると、隣を歩く高嶺の声が降ってきた。

「そんな膨れっ面《つら》でいると顔が伸びるぞ、ビンタ女」

「はぁっ⁉」

　元はと言えば、だれのせいで怒ってると思ってんの⁉　っていうか、ビンタ女ってなに⁉

「ビンタ女じゃなくて、あたしにはちゃんと名前があるの。ちゃんと、日吉って呼んで」

「ふーん。じゃあ、つかさ」

「え？」

　不意打《ふいう》ちで呼ばれた名前に、ドキリと心臓が嫌な音を立てて反応する。

　昔から、あたしは男っぽいこの名前がちょっとしたコンプレックスだ。小学校の頃《ころ》、あたしの性格とが相まって、男子たちによく〝男っぽい〟ってからかわれていた。だから、乃亜以外にはあんまり呼ばれたくない。

「日吉でいいって」

「なんでだよ。いいじゃん、つかさって名前。俺好き」

「はっ……？」

「それに、女子の呼び方は下の名前で統一してねぇと、ごちゃごちゃする」

……はいはい。あんたはそういうやつでしたよね。こんな女たらしに、一瞬でもドキッとしたあたしがばかみたい。

うらめしく隣を見ると、高嶺はさっきまでのあたしへの態度はどこへやら、すれちがう女子たちにキャーキャー言われ、甘いスマイルを振りまいている。

「高嶺くーん♡」

「おはよ、まなちゃん」

この男、器用すぎる……。

まなちゃんと呼ばれた子が去っていき、再び廊下にだれもいなくなったところで、あたしはずっと引っかかっていたことを高嶺に聞いた。

「ねぇ。そこまでして、なんで〝プリンス〟やってるの?」

「は?」

だって、コロコロ表情変えて疲《つか》れそう。

「そんなにキャーキャー言われたいの? キャラ作らなくったって、その顔なら十分ちやほやされるでしょ」

肩をすくめ、少し皮肉っぽく言うと。

「……お前には関係ねぇよ」

正面を向いたまま、高嶺がひと言鋭《するど》く言いはなった。まるでその話題をシャットアウトするかのように。

「え？」

高嶺を仰《あお》いだ一瞬、前を見すえるその瞳の奥《おく》に闇が見えた。

〝入ってくるな〟そう突きはなされた気がして。

たしかに言いすぎちゃった気はするけど、そんなに冷たく言うことなくない……？

なんとなくモヤモヤした気持ちのまま歩いていると、ふいに高嶺が足を止めた。

つられて足を止めると、目の前は資料室だった。ぼーっとしていたから気づかなかったけど、もうだいぶ歩いていたらしい。

高嶺に続いて資料室に入り、ダンボールを机の上に置く。なかなか重かったから、腕がじんじんしびれてる。

「さ、戻ろうっと」

乃亜に癒してもらおうと、意気揚々《いきようよう》と資料室を出ようとしたあたし。

だけど足を踏みだした直後、突然後ろから腕をつかまれ、反射的に振り返った瞬間、資料室のドアが閉まる音を背後で聞いた。

……この状況は、なに……？

あたしの背中はドアにあたっている。

そして、片手を壁《かべ》についた高嶺によって、あたしは完全に逃《に》げ場を失っていた。

「つかさ」

覆《おお》いかぶさるようにして至近距離で耳をくすぐってくる、高嶺の甘い声。

あたしは震える唇を開いた。

「な、なによ」

「今日、朝からずっと目そらしてるよな。さっきも、俺が見ると目そらすし」

核心《かくしん》を突かれ、ドキッと心臓が揺れたのが自分でもわかった。

「そんなこと、ない」

できるだけ冷静を装って答える。

でも、そう言ったところで説得力がまるでないのは、あたしが一番わかってる。

だって、こうしてる今も、目の前の高嶺を直視することができずに顔をそらしているんだから。

「昨日のキスで意識してんの？」

「違うっ」

「じゃあ今、俺の目見ろよ」

「……っ」

顔を背《そむ》けたまま動けないでいると、高嶺があたしの頬を片手ではさんだ。

「俺こっち」

否応《いやおう》なしに、高嶺の方に顔を向けさせられる。

——目が、合ってしまった。

どアップで視界に広がる、端正《たんせい》すぎる顔。ガラス玉のような透《す》きとおった瞳が、あたしの瞳を貫《つらぬ》いていて。

瞬間、顔中が発火したかのように熱くなり、反対に手先は急速に熱を失っていった。

そんなあたしを見て、高嶺が容赦なく口を開く。

「つかさってさぁ、男の免疫《めんえき》ねぇだろ」

「はっ……？　そ、そんなこと」

「俺が気づいてないとでも思ったのかよ」

「……っ」

——不覚だ。よりによって、こんな悪魔に弱点を暴かれるなんて。

そう。高嶺が指摘《してき》するとおり、あたしは男が苦手だ。中学時代のある出来事から、男子と一対一で目を見て話すのにさえ、恐怖心が芽生《めば》えるようになってしまった。

だから男子とかかわらないように生きてきた。

乃亜にだって言えていない、あたしの秘密。ずっと隠してたのに。

こうしてる今もいっぱいいっぱい。手が、震えてる。

そんな、なんの抵抗《ていこう》もできないでいるあたしを見て、高嶺は意地悪な笑みを口にのせた。

「男が苦手なのに強がってるとか、からかいがいあるな、お前」

「……っ」

——やっぱり。高嶺というこの男は、正真正銘《しょうしんしょうめい》悪魔だ。

「見ててやってくれないかな」

次の日。あくびをしながら教室に続く廊下を歩く、あたし。

毎日快眠《かいみん》のあたしが、昨日は布団に入っても全然眠《ねむ》れなかった。原因はあの悪魔。

『昨日のキスで意識してんの？』

『男が苦手なのに強がってるとか、からかいがいあるな、お前』

あいつに言われたことが、至近距離のあいつの整った顔が、頭から全然離《はな》れてくれなくて。

なんで、あたしがこんなに乱されなきゃいけないの？

あのときは、だれかが廊下を通りかかった隙《すき》に高嶺を突き飛ばして逃げられたからよかったものの、逃げ出せなかったらどうなっていたことか。考えるだけでもおそろしい。

背筋に走る悪寒《おかん》に、身震いしながら教室に入る。

すると、真っ先に目に飛びこんできた、乃亜の席で話している乃亜とだれか。

……男だ、しかも金髪《きんぱつ》の。

ワックスで毛先を遊ばせているようなチャラい男が、あたしの天使にからんでる
……！

「乃亜〜」

ここからだと、こちらに背を向けている乃亜の表情は見えないけど、男のにやけた顔はばっちり見える。

……なにあいつ……。あんなに鼻の下伸ばして、なれなれしいっつの！

普通《ふつう》なら恐怖心が先立つところだけど、乃亜のピンチとなったら、それどころじゃなくて。もう、乃亜を助けだすことしか頭になかったあたしは、ガツガツとつめよるなり、ぐいっと男のネクタイをつかんだ。

「ちょっと、乃亜になにしてんの！」

「え、えっ！」

突然の奇襲《きしゅう》に、困惑《こんわく》の表情を浮かべる男。

と、空いていた腕を後ろからぐいっと引っぱられ、反動で動きが制された。

こんなときに、なに⁉

イライラして振り返ると、それは乃亜の今にも折れてしまいそうな細い腕で。

「乃亜……？」

「つかさちゃん、違うの……っ」

乃亜が訴《うった》えかけるような必死な顔で、あたしの腕をぎゅうっと握りしめたまま、ぶんぶんと首を横に振った。

でもあたしは、乃亜が言っていることと、この状況をのみこめず。

「へ？」

思わず間抜けな声をあげる。

「あの、その人はね、あたしのいとこなの」

「イ、トコ……？」

乃亜の言葉を反芻《はんすう》しながら、あらためて男を振り返った。すると、頭をかきながら苦笑いを浮かべたその男と目が合う。

「俺、武智宙《たけちそら》。乃亜のいとこです」

……うそでしょ。

チャラチャラしたこの男と、大人しい乃亜。まったくキャラの違うふたり。血がつながってると……？

信じがたいけど、乃亜が言うことを疑うという思考回路《しこうかいろ》は持ちあわせていないあたしは、この事実を受けいれる方に思考を方向転換した。たしかに言われてみれば、クリクリした瞳が似てる、かもしれない。

だけどなにより、同じ高校にいる乃亜のいとこの存在を知らなかったことのショックが大きくて。

「俺、新学期に入ってから初登校なんだよね。春休みからなかなか抜けられなくて、毎日寝坊しちゃって」

頭をかきながら、あははとのんきに笑う乃亜のいとこ。

そういえば、クラス替えしてから一度も出席していない人がいた。そんないい加減なやつが、まさか乃亜のいとこだったなんて。

「でも同じクラスだし、乃亜の親友なんじゃ、俺とも仲よくしてほしい！　よろしく♪」

こんなチャラ男と仲よくするなんてだいぶ不服だけど、乃亜が胸《むね》の前で手を組みキラキラした目で、「つかさちゃんと宙くんがお友達になるなんて、すごぉいっ」なんて言うから、あたしはしぶしぶ答える。

「日吉つかさです、よろしく……」

「日吉つかさちゃんね」

「日吉とでも呼んで」

「おっけー！　日吉ちゃんって呼ぶ！」

「じゃああたしは、武――」

言いかけたあたしの唇が、すっと伸びてきた人差し指でふさがれた。

「違う違う。俺のことは、宙って呼んで？」

ニコニコしながらあたしを見つめる……宙くん。

チャラチャラしてて、でも顔はモデルみたいに整っていて。そんな宙くんと目を合わせて、数秒。

「……っ！」

あたしは唐突《とうとつ》に、自分の男嫌いを自覚した。

そういえば、さっき、宙くんの指、あたしの唇にふれた、よね……？

女子の扱《あつか》いに慣れてそうな宙くんにとっては、なんでもないスキンシップなんだろうけど、あたしからしたら……。

とたんに芯《しん》から体が凍《こお》りつく。

乃亜を助けることしか頭になかったからか、忘れてた。目の前にいるのが、男子だってこと。

まずい、手が震える。乃亜の前なのに。

「つかさちゃん……？」

あたしの異変を察知したのか、乃亜が不安そうな声をあげる。

「あ、あの」

なにか言わなきゃと、わずかにわななく唇を開いたとき。

「——宙っ」

どこからともなく突然聞こえてきた声。

そして、次の瞬間——だれかが、あたしと宙くんとの間に割りこんだ。

「高嶺……？」

あたしの腕をつかみ、かばうように自分の後ろへと手を引いたのは、高嶺だった。

「宙、今日からやっと登校？ 来るなら連絡《れんらく》してって言ったよね」

「あっ、おはよ、高嶺！ ごめんごめん。乃亜と同じクラスってことつい昨日知ったから、寝坊なんてしてられないな～って」

「宙くんと同じクラス、初めてだよねぇ！」

「たしかに！ 初めてじゃん！」

乃亜と宙くんのほわほわトークが始まったところで、高嶺が肩越《かたご》しにこっちを振り返った。

「大丈夫かよ」

あたし以外、だれにも聞こえないような小声でささやく高嶺。

あたしはコクコクとうなずいた。

「うん、なんとか……」

っていうか、そんなことより。

「手……っ」

「あ」

あたしの腕をつかんだままであることに気づき、高嶺の力がゆるんだ瞬間、すかさず手を引っこめる。

……び、っくりした。腕をつかまれたこともだけど、あたしと宙くんの間に入ってきたことも。

高嶺は、スクールバッグを肩にかけたまま。それは、教室に入るなりあたしたちのもとへ駆《か》けつけてくれたことを意味していた。

もしかして、あたしをかばってくれたの……？

あたしの手先は、いつの間にか震えが止まり、徐々《じょじょ》に熱を取り戻していて。

「ありがとう」そう言いかけた時。

「あれれ？　もしかして、高嶺と日吉ちゃんも仲いい感じ？」

いつの間に乃亜とのトークを終えていたのか、こちらを見て宙くんが目を丸くした。

「いや、仲いいっていうか、なんていうか……」

どっちかっていうと、脅されてるんですけどね、あたし。

ゴニョゴニョと言葉を濁《にご》しながら返すと、宙くんが笑った。

「俺、高嶺の親友なんだよね！　まさか、高嶺と日吉ちゃんも仲いいなんて。日吉ちゃんは乃亜の親友なんでしょ？　で、俺は乃亜のいとこ。すごくない⁉　この縁《えん》！」

関係性を整理しながら、ひとり盛り上がっている宙くん。

いやいや、あたし、ひと言も高嶺と仲いいって言ってないんだけど。どこをどう聞いたらそうなるの。

「そうだ！　こんな縁そうそうないし、放課後四人でどこか行こうよ！」

……へ？

そんな、あまりにも軽い宙くんの思いつきのひと言で。

「お客様、何名様でいらっしゃいますか？」

「四人です！」

「かしこまりました」

あたしたち四人は、放課後ファミレスにいた。

……なぜ！　そう突っこみたいところだけど、ここに来たのは自己判断だから、なにも言えない。

遊びにいきたいという宙くんの提案に乃亜が賛成し、その乃亜に、『つかさちゃんと行きたいなぁ』なんて言われたら、行く以外の選択肢なんて浮かばなかった。

あぁ、おねだり乃亜超絶《ちょうぜつ》かわいかった……。

そんなあたしはともかくとして、高嶺まで来るとは意外だった。それらしい理由でもつけて、こういう付き合いは断りそうっていうイメージだったから。

「ご案内いたしますね」

案内係のウエイトレスさんのあとをついていくあたしたち。

店内は、放課後だからか、学生であふれていた。

それにしても、まわりからの視線を感じること感じること。高嶺は言わずもがなだけど、宙くんもそうとうモテるらしい。視線に圧《お》されて、高嶺と宙くんから距離をとって数歩遅《おく》れて歩く。

美形のこのふたりがそろうと、破壊力がハンパじゃない。くやしいけど、やっぱりどこに行っても注目の的ということだ。当の本人たちは、なに食わぬ顔をしてるけど。

やがてお店の一番奥まで来たところでウエイトレスさんが立ちどまった。

「お席はこちらになります」

席に着くなり、あたしはさりげなく乃亜の正面のポジションをゲット。一番視界に入る正面は、女子じゃないと絶対無理。

続いてあたしの隣に高嶺、乃亜の隣に宙くんが座った。

「日吉ちゃんと乃亜は、いつから仲よしなの？」

やがて運ばれてきたポテトを口に含《ふく》みながら、宙くんが聞いてきた。

「高一のときかな」

直視はしないように少し目をそらしながらあたしが答えると、オレンジジュースにさしたストローをくわえた乃亜がコクコクとうなずく。

「入学式で席が隣で。そこから話すようになったっていうか」

一年前のあの日のことは、今でも鮮明《せんめい》に覚えてる。なにせ、人生で一番の衝撃《しょうげき》だったのだから。

——高校の入学式当日。

中学からの友達が同じ高校に少なくて、クラスに知り合いがいなかったあたしは、式前なにもすることがなくて、パイプ椅子《いす》に座ってぼーっとしていた。

こういう式は、体育館にスタンバイしたはいいものの、始まるまでが長い。はやく始まらないかな、なんて退屈していると。

『なんだか緊張《きんちょう》するねっ……』

ずっと静かだった隣の子が、突然話しかけてきた。

綿菓子《わたがし》みたいに、ふわふわで今にも溶けてなくなっちゃいそうなかわいい声。

なんの気なしに隣を見やったあたしは、少なくとも十秒は固まっていたと思う。

だって目の前に、こっちを見てはにかむ天使がいたんだから。

こんなかわいい存在が、この地上にいるなんて。

『か、かわいい……』

『……へっ⁉』

これが乃亜との出会い。あの日から三六五日、あたしは乃亜にメロメロ。

「へー、そうなんだ。俺と高嶺は中学からの付き合いだよ。ね、高嶺」

「そうだな」

「高嶺と乃亜は初がらみだっけ？」

宙くんの問いに、高嶺がグラスを持ちながら答える。

「うん、話したことはなかったかな。でも、隣の中学にかわいいいいとこがいるってことは宙から聞いてたよ、乃亜ちゃん。噂《うわさ》どおりだったね」

「……えっ！」

高嶺が、完成されたプリンススマイルを乃亜に向ける。すると、顔を真っ赤にさせてうつむく乃亜。

ちょ、ちょっと……！　うぶでピュアピュアな乃亜を誘惑しないで！

ビームでも出そうな勢いで横目でにらむと、高嶺がこちらに気づき、あたしにだけ見えるようにペロッと舌を出した。

完全に楽しんでる。こんの悪魔め～っ！

「俺、ドリンクバー行ってくる」

乃亜を誘惑するだけしておいて、高嶺はグラスを持つと席を立った。

「あっ、私もお手洗いっ！」

そしてまだ頬を赤らめている乃亜も、よほど恥ずかしいのか、この場から逃げるように行ってしまった。

そこに残された、あたしと宙くん。

う、うそでしょーっ！　男とふたりきりとか……！

助けを求めるように、駆けていく乃亜の背中を見つめていると。

「日吉ちゃん」

ふいに名前を呼ばれ、あたしはびくっと肩を揺らした。

体の向きを直し、ちらりと宙くんを見ると、あのクリクリした瞳と目が合った。

……大丈夫大丈夫。乃亜の男装だと思えばいいんだ。

似てるのは目だけだけど……。なんて、思わない思わない！　宙くんは乃亜、宙くんは乃亜……。

そう言い聞かせていると、少しだけこわばっていた肩の力が抜けていくのがわかった。さすが、あたしの天使パワーは絶大だ。

「どうしたの？」

できるだけ落ち着きはらったトーンでたずねると、宙くんがほんの少し眉間に力を込めた。

「日吉ちゃんはさ、高嶺のこと、知ってる……？」

言いよどんだ、ためらいがちで曖昧《あいまい》な言い方。でも、宙くんの言わんとしていることはわかった。

「高嶺が本性を隠してること？」

「やっぱり、知ってるんだ……！」

ビンゴだったらしい。宙くんが目を丸くして、声を大きくした。

すると自分の声の大きさに驚いたのか、バッと口を押《お》さえてあたりを見回す。そして、ひそひそ話でもするように、口の横に手をあてた。

「知ってるの俺だけだったから、ちょっとびっくりした」

あたしも、宙くんが高嶺の本性を知っていたことに、少しびっくりしてる。

たしかに、さっきも親友って言ってたし、ふたりが話してるときの雰囲気《ふんいき》から、仲がいいということは伝わってきてはいたけど。

「高嶺が日吉ちゃんに、あんなふうに素顔でからんでるの意外でさ。高嶺って、表面上は優しいこと言うけど、女子とは一線引くやつだから」

なんとなく、宙くんの言ってることはわかる。

宙くんはこう言ってくれてるけど、あたしだってついこの間、お前には関係ないと突きはなされたばかりだ。

高嶺はだれにも優しいけど、奥までは踏みいれさせない。

肘をついた宙くんが、コーラの入ったグラスを左右に揺らしながら、そっと微笑《ほほえ》んだ。

「あんなだけど本当は優しいんだ、高嶺は。だから日吉ちゃん、高嶺のこと見ててやってくれないかな」

「え……？」

真意をくみとれず、思わずぽかんと宙くんを見つめる。すると。

「お待たせ」

そんな声とともにテーブルにグラスを置く音がして、はっと我に返る。

「あっ、おかえり、高嶺」

今までのやり取りなんてなかったかのように、宙くんが高嶺に笑顔を向けた。

それから乃亜も戻ってきて、また他愛ない話が再開した。

ただ、あたしの心の中では、なぜか宙くんの言葉がしばらくの間溶けずにいた。

宙くんのトークの回し方がうまかったからか、意外にも話が弾み、ファミレスを出た頃には外は薄暗くなっていた。

「もう六時だぁ！」

白い腕時計に視線を落とした乃亜が、驚いたように声をあげる。

「楽しかったからあっという間だったなぁ〜」

頭の後ろに手を回し、ニコニコ笑ってる宙くん。

乃亜が隣に並んでいたからか、今日でだいぶ宙くんに慣れることができた。それに宙くんのまわりを温かくする雰囲気は、あたしの男嫌いを刺激《しげき》するようなものではなかった。

「俺、乃亜の家に寄っておばさんに会ってくるから、乃亜と帰ることにするね！」

「そっか」

乃亜とあたしは、学校からもこのファミレスからも、家の方向が違う。でも宙くんが一緒に帰ってくれるなら、乃亜が薄暗い道をひとりで帰らないですむから安心だ。

「じゃ、あたしも帰るね。また明日」

ひらひらと手を振り、その場を去ろうとしたところで、後ろからスクールバッグをだれかにつかまれた。

その反動で、前のめりになりながらも止まる体。

「なんでお前はひとりで帰ろうとしてんだよ」

そんな声が続けて聞こえてきて振り返れば、それは高嶺で。

「え？　なんでって……。家までそんな遠くないし」

「あぶないだろ、女子ひとりで帰るのは。俺が送る」

「え……」

「ということで、つかさは俺が送るから。じゃあね」

あたしのスクールバッグをつかみながら振り返り、乃亜と宙くんにそう告げたかと思うと、強引にあたしの腕を引っぱって歩きだす高嶺。

「ちょっ、ねぇ、待ってよ高嶺！　送ってもらわなくって、大丈夫だって……！」

「なんでだよ。そんなおびえなくたって、夜道で見境なく襲ったりしねぇから、心配すんな」

「ち、違う！」

たしかに、痴漢《ちかん》とか不審者よりも、高嶺の方がよっぽどいろんな意味であぶないけど……！

「だって、高嶺の家も反対側って言ってたじゃんっ」

あたしは高嶺を引きとめるように、声を張りあげた。

さっきファミレスで、住んでる場所の話題がちらりと挙がった。そのとき、あたしと同じ方向に家がある人はいなかったのだ。

すると、高嶺が立ちどまり、こちらを振り返りざま盛大なため息をついた。

「ほんっと、かわいくねぇやつ」

「はっ？」

言い返した瞬間、おでこにピリッとした痛みが走った。

「痛っ」

それがデコピンだと気づくのに、時間はそうかからなかった。

おでこを押さえ、なんなの！って怒ろうとしたのに、目の前にはこっちを見つめる高嶺の顔があって。

その瞳があまりにまっすぐすぎて、出かけた声が喉《のど》もとでつまった。

吸《す》いこまれちゃいそう、そう思うのに、目をそらせない。

「こういうときは素直に甘えろよ」

それだけ言うと、有無を言わせず再びあたしの手首をつかんで、歩きだす高嶺。

あぁ、やっぱり強引だ。でもどうしてか、この手をふりほどけない。

「……ねぇ、高嶺」

「ん？」

「今朝、助けてくれてありがとう」

まだ言えてなかった、お礼。宙くんとの間に入って、かばってくれたあのときのこと。

「あぁ、別に」

あたしの手を引きながら、高嶺がぽつりと続ける。

「つかさの弱点知ってるのは、俺だけでいいから」

「……っ」

なにか言い返そうと思ったのに言葉につまり、その背中を見つめる。

なんなの、高嶺。

女の子慣れしてる高嶺の言うこと、真に受けちゃだめってわかってるのに、なんでこんなに動揺《どうよう》しちゃうんだろう。

と、そのとき。

「あの、西高の高嶺くんですか⁉」

ふいにかけられたピンク色の声に、高嶺が立ちどまった。

高嶺と同じく声がした方を見れば、乃亜にはかなわないけど、すごくかわいい女子高生ふたりが立っていた。

制服が違うから、他校の生徒だろう。

高嶺がさっと切り替えたプリンスモードで答える。

「ああ、そうだよ?」

「うわぁぁぁ！　本物の高嶺《たかね》のプリンスだ！」

ふたりの興奮と熱に染まった瞳は、高嶺に一心に向けられている。

あたしはあわてて高嶺の手を振りはらった。手首なんてつかまれてたら、変な誤解を招かざるを得ない。

でも、女子高生たちは手首のことなんて気づいていないようだった。……というか、あたしの存在も。

彼女《かのじょ》たちは高嶺に会えたことがよほどうれしいのか、頬を上気させて高嶺の腕をつかんだ。

「まさか会えるなんて……！」

「噂どおり、かっこいいですねっ！」

「俺も、こんな街中で、君たちみたいな子に声をかけてもらえてうれしいよ」

「キャ〜ッ！」

……うわ、天性のタラシをいかんなく発揮してる。まったくどうしたらそんなにポンポン、誘惑の言葉が出てくるんだか。

「あの、もしよかったら、このあと一緒にカラオケ行きませんか⁉」

「高嶺くんの歌声聞きたいっ」

ずっと黙って聞いていたあたしは、そこでピクッと肩を揺らした。女子高生たちのカラオケプランには、当然あたしが入ってるはずがない。あたしがいる場所なんてない。むしろ、邪魔《じゃま》なだけだ。

今さら、あたしと三人の間に見えない壁がそびえ立っていることを思い知らされた。

女子高生たちは、高嶺の腕をつかんで離そうとしない。

……帰ろう。

高嶺もあんなかわいい女子高生たちに囲まれちゃって、あたしの存在なんてすっかり忘れてるだろうし。

ぎゅっとスクールバッグの持ち手を握り直すと、あたしは高嶺になにも言わずその場を離れた。

……とか言っておいて。

「どうしよ……」

あたしは帰路である細い路地をひとりで歩きながら、襲いくる心細さにたえられなくなっていた。

あっという間に日が暮れて、あたりは暗い。その上、大通りから外れた細い路地は、街灯もほとんどなくて。

こう見えて、おばけや心霊の類は大の苦手だ。ぎゅうっとスクールバッグを抱《だ》きしめ、そろー、そろーっと歩みを進める。

どこでもドアが切実に欲しい……。この際、タケコプターでも全然いいから……。目の前に現れるはずもない、かの有名なひみつ道具を切望した、そのとき。

「ねぇねぇ、そこの彼女〜」

突然背後から、声が届いた。

静寂を壊《こわ》すようにして聞こえてきた声。嫌な予感にドキリと心臓が反応して、反射的に立ちどまる。

「君、ひとり？」

「暇な俺らの相手してくんない？」

このどこか人をばかにしたような猫撫で声が向けられているのは、あたししかいない。だって、まわりにはほかに人がいないのだから。

おそるおそる後ろを振り返ったあたしは、「げ……」ともらしそうになった声を、あわててこらえる。

そこに立っていたのは、地元でも有名な不良高校の男子三人。学ランを着崩して頭髪はカラフルで、俗に言うヤンキーというものを、これでもかと体現している。

……最悪だ。こんな人たちにからまれるなんて。

ただでさえ男が嫌いだというのに、その中でもこういうタイプはもっとも苦手とする部類だ。

乃亜がいるときじゃなくてよかった、そう安堵できたのはほんの一瞬で、今はもう身の危険を感じて破れそうなほどに心臓が鳴っている。背中をツーッと悪寒が走り、手が微かに震えだす。

人どころか車の通りもないこの路地では、どんなに声をあげても、大通りまで届くはずがなかった。

『あぶないだろ、女子ひとりで帰るのは』

高嶺の声が、混乱する頭の中でこだまする。

あぁ、高嶺の言うとおりだった……。

こんなことになるなら高嶺に送ってもらえばよかったと後悔しても、もう取り返しはつかない。

「よく見たら、かわいいじゃん！」

「そんな怖《こわ》い顔してないで、俺らと遊び行こうぜ」

「あ、あたし、忙《いそが》しいので」

怖がっていることをさとられまいと、冷静を装い、なるべく平坦《へいたん》な声で返す。

でも、そんな理由が通用するはずもなく。

「そんな堅《かた》いこと言わないで。いいじゃん」

「ほら、あっち行こうぜ」

「楽しーよ?」

あっという間に言いくるめられ、押しきるという逃げ道がふさがれた。あたしの恐怖心を知ってか知らずか、ヤンキーたちはニタニタと気持ちの悪い笑みを浮かべている。

ジリジリとつめよられ、あたしは一歩後ろに下がった。

頭の中で、危険を知らせる警報音が鳴りひびいている。でも、近づいてくる声に、逃げようにも足がすくんで動けない。

どうしよう、どうしよう……。

だれか助けて——。

うつむき、ぎゅっと目をつぶった、そのときだった。声が、したのは。

「——お前ら、なにしてんだよ」

突然背後から首もとに腕が回ったかと思うと、ぐっと引きよせられて。

後ろから強引に包まれる、あたしの体。悪寒が支配していた背中に、人のぬくもりが重なった。

「俺の許可なく、こいつにふれんな」

甘ったるくて、でも透きとおるような低い声。

顔を上げなくてもわかってしまう。この声は——高嶺だ。

なんで……？　なんで来てくれたの？

「ほかあたれよ。こいつは俺のだから」

さらっと放たれた言葉に、ドクンと心臓が揺れる。

普通なら、なに言ってんのよ！ってそう言えるのに声が出なかった。この場をやり過ごすうそだってわかってるのに、不意打ちで言われたからか、すごく動揺している自分がいて。

「なんだよお前」

「俺たちは、この子に用があるんだよ」

ヤンキーたちが食いさがる。

でも、高嶺はちっともひるまなかった。それどころか、話を聞きいれないヤンキーたちに対して、イライラが頂点に達したようで。

「あ？」

ドスのきいた高嶺の一声に、場の空気がただならないものへと一変する。

「な、なんだよ……」

「痛い目見ないとわからないわけ？　俺がお前らに手出す前に、とっとと消えろって言ってんだよ」

高嶺のあまりのすごみと迫力《はくりょく》に、守ってもらってるはずのあたしが思わず目を見張る。

……うん、これはガチだ。

それを直接向けられたヤンキーたちは、ひとたまりもなくて。

ジリジリと後退するヤンキーたち。

「もう二度とこいつに近づくな」

高嶺のそのひと言をきっかけに。

「なんだよ、連れがいるなら先に言えよ……」

「ちっ、つまんねぇの……」

口々にそう言って、ヤンキーたちはそそくさと去っていった。

その背中を見送ると、高嶺の腕から体が解かれた。まだ収まらない心臓の音を聞きながら、高嶺を振り返る。

「あ、ありが……」

「ばか」

開口一番、浴びせられたお叱《しか》りの言葉。

「……ごめん」

今回は、高嶺に頭が上がらない。反論する余地もない。

「いくら謝っても謝りたらねぇよな」

「はい……」

そのとおりでございます、高嶺様。

「カラオケ行く邪魔して、ごめん」

「は？　カラオケ？」

「さっき、あの女子高生たちと行こうって盛り上がってたのに」

「あー、あれか。行くわけねぇっつーの。お前を送るっつったじゃん」

「え……」

そっか。高嶺が今ここにいるってことは、高嶺の手をつかんで離そうとしない、あの女子高生たちを振りきって来てくれたってことなのか……。

すると、なにかに気づいたように、高嶺の瞳が意地悪な光をたたえた。

「……あれ？　つかさちゃん。それって、ヤキモチ？」

ニッと笑みを浮かべながらぐいっと顔を近づけ、瞳をのぞきこんでくる。

綺麗な顔のあまりの近さに、カァァッと頬が熱を持ち、あわててバッと視線をそらす。

「そんなわけないでしょ！」

「とか言いながら、顔まっ赤じゃん。やっぱりお前って、いじめがいあるよな」

さらっとおそろしいことを言いつつ、なにがおもしろいんだか高嶺が笑う。

「でもま、またなにかあったとき、助けられないと困るから、」

そう言って、おもむろにあたしに手を差し出してきた高嶺。

えっ？　ま、まさか、助けた報酬《ほうしゅう》に金銭の要求⁉

とっさにバッグを握りしめかまえると、「ばか、ちげぇよ」とあきれ気味に言われてしまった。

「スマホ、貸せよ」

「ス、スマホ？」

「持ってんだろ。はやく」

急《せ》かされ、あたしはしぶしぶスマホを差し出す。するとそれを受け取った高嶺が慣れた手つきで操作して、それから返してきた。

「アドレス、登録しておいたから。なにかあったらここに連絡すること。わかったな？」

「え……」

なんか、ちょっと調子が狂うくらい高嶺が優し――。

「まぁ、ほかの女子と電話してたら出れねぇけど」

……はぁ。上げて下げるのが、ほんとうまいよね、高嶺は。それは認める。

「さ、帰るぞ」

ふいに、再び差し出された手。

「な、なに?」

「手。また逃げられても迷惑だから」

「でも……」

「手、だめだったっけか」

思い出したかのような高嶺のつぶやきに、あたしは小さくうなずく。

高嶺には手首をつかまれることが多いけど、手はまだ慣れてない。手のひらって、密着する感じがするからか、ほかの箇所よりダイレクトに熱が伝わるからか、ぐんとハードルが上がる。

だけど、高嶺はその手を引っこめようとしなかった。それどころか、ずいっと近づけてくる。

「ほら」

「え?」

「男慣れ、した方がいいんじゃねぇの? 俺で練習すればいいじゃん」

「高嶺……」

ふれるのが、怖い。けど……慣れたい。

いつまでも苦手でいるわけにもいかないし、高嶺が自分で練習していいって言うなら。

数秒逡巡《しゅんじゅん》したあたしは、おそるおそる手を伸ばす。

するとふわふわとさまよう手を、高嶺がつかんだ。そして指を折り曲げるようにして、あたしの指にからめてくる。

「……っ」

この握り方は、普通のつなぎ方より密着しているみたいで恥ずかしい。

だけど、いわゆる恋人つなぎってやつを、高嶺はなんとも思っていないらしい。あたしの恥ずかしさなんてつゆ知らず、ふっと目もとをゆるめて微笑んだ。

「触れたじゃん。進歩進歩」

「う、うん」

──そして、どういうわけか。

「お前の手、熱《あつ》。緊張してんの？」

「違う、高嶺の手が冷たいの！」

高嶺といると、あたしの体温はほんの少しだけ上がるらしい。

chapter 2

「俺と似てるから」

みなさん、聞いてください。重々承知のこととは思いますが、今日も乃亜が天使です。

「つかさちゃん、はい！」

休み時間。あたしの机の前に立った乃亜がそう言って差し出してきたのは、クマのキーホルダー。

「え？　これ、どうしたの？」

クマのキーホルダーを手に乃亜を見上げれば、あたしのアイドルは照れくさそうな笑みを浮かべていて。

「キットを買って作ってみたんだ。ちょっと下手くそだけど、第一号はどうしてもつかさちゃんにプレゼントしたくて！」

「の、乃亜……」

……くはっ。かわいさというパンチに、完全にノックアウト。

泣いていいですか？　もしくは、心の声を叫《さけ》んでもいいですか？

乃亜が、手作りしたものをあたしにくれるなんて。しかも、今にも鼻血が出そうなくらいうれしいコメントつきで。

「ありがとう、めっちゃくちゃうれしいよっ。このクマのこと乃亜だと思って、一生愛《め》でるね」

命より大切にすることを誓います！

「えへへ、つかさちゃんに喜んでもらえてうれしいなぁ」

うれしそうな乃亜の笑顔に、にへら～っと頬がゆるんだとき。あたしの幸せタイムをさえぎるかのように、チャイムが鳴った。

くそう。なんてタイミングの悪い。

「あっ、一限始まっちゃうね」

乃亜が教室の時計を振り返りつつ、そうつぶやく。

今日の一限は体育。運動は得意だけど、一限から体育となると、毎週なかなかの憂《ゆう》鬱《うつ》さで。

だけど、乃亜からプレゼントをもらった今のあたしに憂鬱なんて文字はない。なんてったって空も飛べるほど幸せだから。今なら、五十メートルだって四秒くらいで走れそう。

あたしは勢いよく席から立ち上がった。

「更衣室に移動しよっか！」

「うんっ」

体育館を中央で仕切ったネットの向こうで、バスケをしている男子たち。体育館シューズで床を蹴る音と、ボールをドリブルする音とが体育館に響き渡っている。

フリータイムになると、女子たちはバドミントンのラケットを胸の前で握りしめたまま床へ座りこんで、ネットの向こうへ熱視線を送る。フリータイムは、休憩という名の男子観戦タイムだ。

そんな中、あたしはというと。

「わぁ！　宙くんかっこいい！」

「うん、乃亜かわいい」

安定の乃亜観戦タイム。

同じクラスになった宙くんの勇姿を見て、目を輝かせ楽しそうな乃亜。

天使が幸せそうにしてる、うん、なによりだ。今日も世界は平和です。

と、そのとき。

「キャーッ！」

ギャラリーから、ひと際大きな黄色い歓声があがった。さっきまでのざわめきとは、まるで違う。この盛り上がりの理由は。

「高嶺く－ん‼」

スポーツ万能のプリンスだ。

高嶺のチームのバスケの試合が始まると、女子たちは食いいるように見つめる。試合のなりゆきではなく、高嶺を。

「高嶺くん、相変わらずすごい人気だね……！」

「ほんと」

感心している乃亜に、あたしは膝《ひざ》に頬杖《ほおづえ》をつきながら相づちを打つ。

みんなして、あんな仮面に騙されちゃってさ。……まぁ、たしかにかっこいいと認めざるを得ないけど。シュートを決める姿、仲間たちとハイタッチする姿、コートを走り抜ける姿。どの瞬間を切り取ってもかっこいいんだから、なんかずるい。

その試合は高嶺の大活躍《かつやく》により、高嶺のチームが勝利を収めた。

高嶺も宙くんもコートにいなくなったとたん、散り散りになっていく女子たち。その流れに乗るように、あたしは立ち上がった。

「乃亜、ごめん。ちょっとトイレ行ってくるね」

「うん、わかった！」

トイレに行くことが許されているフリータイムは、もう少しで終わる。その前に帰ってこないと。

早足で体育館を出て、だれもいない渡《わた》り廊下を歩く。そして、中盤あたりに差しかかったとき。

「日吉さん、ちょっと話があるんだけどいいかな？」

ふいに後ろから声をかけられ、あたしはそちらを振り返った。

そこには、同じクラスの女子三人組が立っていて。

クラスの中でも、中心にいる格好も言動も派手な女子三人。

……実は、あたしはこの三人が嫌いだ。同じクラスになった当初、乃亜のことを〝地味メガネ〟って呼んでるのを聞いたことがあるから。

「なに？」

あのときのムカムカした気持ちが込みあげてきて、鋭い視線を向け棘《とげ》のある言い方で返すと、クラスのボス的立ち位置にいる女子が、いかにもなつくり笑顔を浮かべた。

「……ねぇ、日吉さん。高嶺くんとどういう関係なの？」

「は？」

高嶺……なるほどね。この子たち、高嶺のファンってことか。

「この間、見かけたの。あんたと高嶺くんがふたりで歩いてるとこ」

彼女が言っているのは、ファミレスに行ったあと高嶺が送ってくれたあの日のことだと、すぐにさとる。

あれ、見られてたんだ。高嶺は注目を集めるもんな……。なんて、のんきにそんなことを考えたのもつかの間、女子たちが怖い顔でつめよってきていることに気づいた。

「どうせ、あんたがたぶらかしたんでしょ？　高嶺くん優しいから、あんたのこと断れなかったのよ」

いやいや、ちょっと待って。どうしたら、そうなるの。あたしが、あんな悪魔をたぶらかすわけないでしょうが！

「違うよ、そんなんじゃないから」

でも否定したところで、はいそうですか、なんて納得してもらえるはずのない雰囲気であることは一目瞭然《いちもくりょうぜん》だった。三人は、教室では見せないような、敵意むきだしの表情であたしをにらみつけている。

「じゃあなに？　なんでふたりで歩いてたの？　私たちにちゃんと説明して」

「それは……」

家まで送ってもらった、なんてこの状況じゃ口が裂《さ》けても言えない。答えられずに口ごもっていると、腕を組んだまん中の女子がイラついたように鼻で笑った。

「ほーら。なにも言えないんじゃん」

「ちが……」

「あんたと高嶺くんが釣りあうわけないじゃない。高嶺くんのこと、たぶらかさないで」

そしてふいに勢いよく手が伸びてきたかと思うと。

――ドンッ。

突然肩を押され、とっさに反応できなかったあたしは、反動で後ろによろめき尻餅《しりもち》をついた。

「痛……」

「あー、ごめんなさい。手がすべっちゃった～」

降り注がれるのは、悪意に染まった猫撫で声。

三人は座りこんだままのあたしを見おろしあざ笑いながら、ぞろぞろと体育館へ戻っていった。

「はぁ……」

ため息をひとつつきながら立ち上がり、パンパンとジャージをたたいて汚《よご》れを払《はら》う。

男子も男子だけど、女子も大概《たいがい》だ。

……乃亜のとこ、戻ろう。

あたしのことを心配してくれる乃亜はすごくかわいくて、いつもわざと心配させちゃう。だけど、こういうふうに本当になにかあったときは、心配させたくない。こんなに時間が経っていたら、なにかあったのかと不安にさせてしまうだろう。

あたしはトイレへは行かず、乃亜のもとへ戻った。


体育が終わり、体操着から制服に着替えたクラスメイトたちがぞろぞろと教室に戻っていく。

あたしと乃亜も着替えをすませ、更衣室から教室へ向かう。すると渡り廊下に差しかかったところで、乃亜が「あっ」となにかに気づいたような声をあげた。

「どうしたの？　乃亜」

「更衣室にタオル忘れちゃったみたい……。取ってくるから、つかさちゃん、先に戻ってて？」

「ん、わかった。一緒に行こうか？」

「大丈夫！　すぐ戻るから」

更衣室に早足で戻る乃亜とそこで別れ、あたしはひとり教室に向かった。

教室には、ほとんどのクラスメイトが戻ってきていて、休み時間ということもありにぎわっていた。

次の授業の準備をするため、席に座って教科書を出そうとした時、机の中でなにかが手にふれた。その感触は、教科書のそれじゃない。

なんだろう、これ……。

けげんに思いながらそれを取り出したあたしは、思わず目を見張った。

「な、んで……」

手が震えだす。ドクドクと嫌な音を立て、心臓が暴れだす。

信じたくないけど、目に映るそれは、痛々しいほどの現実を突きつけてくる。

それは、乃亜からもらったクマのキーホルダー。

だけど、プレゼントしてもらったときの姿からは、あまりにもかけ離れていた。手足は切られ、顔もズタズタにされて、ところどころほつれている。

「うそ……」

心を支配する、真っ黒な絶望。

身動きもとれず、ただ、手のひらに乗せたクマのキーホルダーを見つめることしかできないでいると。

「ふふ、ざまぁみろって感じ」

「もっとボロボロにしてやった方がよかったかな～」

どこからともなく、クスクス笑う意地の悪い声が聞こえてきた。

ゆっくりとそちらに目を向ければ、体育のときにつっかかってきた三人組がこっちを見て笑っていた。

……なんで。宝物、なのに。乃亜が作ってくれた、大切な、大切な……。

このキーホルダーをくれたときの乃亜の笑顔が頭をよぎり、ツンと鼻の奥が痛くなる。

視界に映る三人組の姿がぼやけてきて、あたしはバッとうつむく。泣いてるとこなんて、見られたくない。

でも、こんなの……こんなのひどすぎる……。

キーホルダーを握りしめ、ぎゅうっと目をつむり、今にもこぼれ落ちてきそうな涙《なみだ》を必死にこらえていた、そのとき。

――パサッ。

前ぶれもなく、あたしの頭になにかがかけられた。そして。

「日吉さん、この前はありがとう」

頭上から降って聞こえてきた、低くて甘ったるい声。

この声――高嶺？

突然の高嶺の行動に、教室中が注目するようにしんとしたせいで、高嶺の声が騒音に邪魔されることなくすっと耳に届いてくる。

だけどあたしは、状況を理解できずに混乱していた。

なんで今、高嶺が？　ありがとう、ってなにが……？

疑問符ばかりが押しよせてきて、混乱したまま顔を上げる。すると暗闇のすき間から、あたしに微笑みかける高嶺の姿が見えた。プリンスの笑顔だ。

と同時に、あたしにかけられているのが、高嶺のブレザーだということをさとる。

「本当に助かったよ、この前は」

「この前……？」

突然、なに言ってるの？

「ほら、ふたりで帰ったときだよ。足をケガして身動き取れなくなったから、偶然《ぐうぜん》通りかかった日吉さんに頼《たの》んで、家まで送ってもらったんだよね。日吉さんがいなかったら、俺は家に帰れなかったよ」

教室に響くように、わざと大きな声で話す高嶺。全部、身に覚えのないでまかせだ。

もしかして……あたしのことかばってくれてる？

「いい人なんだね、日吉さんは。俺が無理言って頼んだのに、嫌な顔ひとつせずに送ってくれて。もし仮に、こんないい人をいじめるようなやつがいたとしたら——」

そこで言葉を切った高嶺はひと呼吸置き笑みを深めた。

「それは、軽蔑《けいべつ》すべき人間のクズだね」

「……っ」

一瞬にして、教室が凍《こお》りつく。みんな、高嶺の口から出るはずのない言葉に驚いているのだろう。

プリンスマイルで汚《きたな》い言葉吐《は》くと、とんでもなく怖いよ、高嶺……。

ブレザーのすき間からチラリと見えたあの三人組は、おびえた表情を浮かべ、顔を真っ青にしていて。

と、そのとき。

「ほらー、授業始めるぞー。席つけー」

教室の空気なんて知る由《よし》もない先生が、大声をあげながら教室に入ってきた。

「先生」

その先生を、高嶺がすっと通る声で呼び止める。

「お、なんだ、高嶺」

「日吉さんの体調が優れないようなので、保健室に連れていきます」

「……へっ！」

まさかの急展開に、頭からかけられたブレザーの下で思わず目を丸くする。

いやいや、体調優れなくないよ？　むしろ、すこぶる体調いいよ!?

「おお、そうか。なら頼んだぞ、高嶺。高嶺がついていれば、安心だ。日吉も、お大事にな」

ええ……！　先生まで！

先生は、優等生の高嶺に絶対の信頼《しんらい》をよせているから、疑う余地もないらしい。

困惑するあたしの手首を、高嶺が握る。

「ほら、行くよ」

「うえっ……」

ブレザーをかけられ、ほぼ視界をさえぎられているあたしは、抵抗することもできずに高嶺に手を引かれるまま教室を出た。


だれもいない廊下を歩きながら、ブレザーを目の上まで上げて視界を確保する。

まだ、この状況をのみこめていない。

「高嶺……」

呼びかけると、高嶺がこちらを振り返った。その無愛想な顔には、もうプリンススマイルのかけらも残っていない。

「ったく、お前って、ほんとにピンチにあうのが得意だよな」

「……う、ごめん」

まったく、そのとおりです。

「どうしてうそついてまでかばってくれたの？」

「体育のとき、さっきのやつらがお前と俺のこと話してるのが聞こえたんだよ。そのあと顔色悪いお前が体育館に戻ってきたから、なんとなく察した」

「そうだったんだ……」

「で、気にしてたら案の定あなったってわけ」

「気にしてくれてたんだ」

「俺のせいでそうなってんのは、こっちだって寝覚め悪いし」

いつもなら、素直じゃないんだからって言い返すところだけど、なんでか今日は反発する気が起きない。

「授業、サボっちゃってよかったの？」

高嶺が授業をサボったことなんてきっとないから、少し不安に思って聞くと、

「あー、いいよ」と軽く返される。

「涙、見せたくないんだろ？　お前強がりだし」

「え？」

「そういうとこ、俺と似てるから」

だから、あたしのこと連れだしてくれたんだ……。このブレザーだって、あたしの涙が見えないようにかけてくれたに違いない。

頭にかけているブレザーをぎゅっと握りしめる。ブレザーからただよってくる香《かお》り

は、甘ったるくて、でも全然嫌じゃなくて。

「ありがとう、高嶺……」

そっとお礼を口にした、そのとき。

「おい！　だれかいるのか！　授業中だぞ！」

突然どこからか飛んできた怒号に、あたしは思わず顔を引きつらせた。

「うわっ、この声鬼センだ……！」

鬼センとは、怒った顔が鬼の面に似てることからそのあだ名がついた、数学の追川《おいかわ》先生。一見すれば体育教師みたいな出《い》でたちの鬼センは、怖くてあたしも苦手だ。

あたしたちの話し声が聞こえたに違いない。

「おら！　なにも返事をしねぇとは、いい度胸じゃねぇか！」

再び鬼センの怒鳴り声が聞こえたかと思うと、それを追うようにして、すぐそばにある階段を上ってくる足音が聞こえてくる。

「や、やばい……っ！　こっち来る！」

まさに絶体絶命。死を覚悟《かくご》した、その瞬間。――ふいにぐいっと手を引かれて。

「お？　だれもいないな……。俺の空耳か……？」

鬼センが廊下を歩きながらそうつぶやいたときには、あたしと高嶺は空き教室のロッカーの中にいた。

「～～っ！」

男子と、こんな密室で、こんな至近距離。体のほとんどがふれているこの状況を、もちろんあたしが我慢できるはずもなくて。

「きゃ……っ」

叫ぼうとした。が、寸前で口を高嶺にふさがれる。

「んぐっ……」

「黙れ。授業中に、こんなとこに女とふたりなんてバレたら、俺の評価がガタ落ちになるだろ」

こちらを見おろす高嶺の顔も、声のトーンもガチだ。本気の脅しだよ、これ。

思わず男子嫌いも忘れて、押しだまる。鬼センも怖いけど、比べものにならないほど、今目の前にいる高嶺の方がよっぽど怖い。

やがて、鬼センの足音が遠ざかっていき、あたしの口はようやく高嶺の手から解放された。

「ぷ、はっ。口強く押さえすぎ！　窒息《ちっそく》するから！　はやく外の空気を……」

いちはやくロッカーから出ようとしたあたし。だけど、それは叶《かな》わなかった。

なぜなら、高嶺があたしの手をつかんで動きを制したから。

「……えっ？　はやく出よ……」

振り返った瞬間、高嶺に顎をくいっと持ちあげられ、あたしの声が途切れる。

「……っ」

な、な、な、なにっ……?

至近距離で瞳がかちあう。高嶺が今にもすべてを引きこんでしまいそうなほど強く、まっすぐにあたしを見つめてくるから、目をそらせない。

そして近づいてくる高嶺の綺麗な顔。

うそ……! また、き、キスされる……!?

近くで見る高嶺の顔は、驚くほどにかっこいい。それも相まって心臓はもう爆発寸前。

顔と顔の間にあった、わずかな距離が徐々になくなっていく。

脈を打つ音が、体の外にもれでているのではないかと思うほど大きくて。

や、やばいっ。心臓どうにかなっちゃう……っ。

震える手を握りしめ、ぎゅうっと目をつむる。

だけど、覚悟していた感触は唇にやってこなかった。

そうっと目を開けると、目の前には平然とした表情の高嶺。

「顔についてたゴミ取っただけだけど。あれ、もしかして、期待した?」

薄暗くても、よくわかる。高嶺の瞳が、意地悪くギラついたことが。

完全に確信犯。一瞬にして、自分がからかわれたのだとさとる。

「ううう……。意地悪！　最低！　クズ！」

沸騰《ふっとう》しそうなほど熱い頭で、今思い浮かぶ限りの罵倒《ばとう》の言葉を投げつけるけど、高嶺は痛くもかゆくもないらしい。軽く体を倒し、あたしの耳もとに口を寄せる。

「ほんとおもしろいな、つかさちゃんは」

ささやかれる、甘ったるい声。首に高嶺の息がかかって……。

「ひ、ひゃぁぁ！」

あたしは小さく飛びあがると、高嶺の手を振りはらって、ロッカーのドアを開けはなち、外へ飛び出した。

もう、もう、心臓爆発して死ぬかと思った！　三途《さんず》の川、見えかけた……！

膝に手をついてゼェゼェと荒《あら》い呼吸をし、暴れる鼓動を落ち着かせていると。

「ふっ、ふははっ」

突然笑い声が聞こえてきた。

振り返ると、開けはなたれたロッカーの中で高嶺がお腹に手をあて笑っていて。

「な、なに笑ってんの……っ！」

こっちは、あんたのせいで危《あや》うく死にそうになったんだけど……！

「ははっ、色気ねぇ声だし、なんだよその逃げ方。つかさ、まじでツボ……っ」

「はあ？」

高嶺が涙目になりながら笑う。

「久々にこんなに笑った……っ」

それは、プリンスの笑顔でもない、悪魔の笑顔でもない、初めて見た笑顔で。

「……もう、笑いすぎだからっ！」

あんなにさんざんからかわれたっていうのに。高嶺が、本当の笑顔を見せてくれた、そのことに、ほんのちょこっとだけホッとしている自分がいるんだから、あたしはどうかしているのかもしれない。

「俺が相手になってやるから」

「つかさー、ばいばい！」

「あ、ばいばい！」

友人たちが次々と、明るく声をあげながら教室を出ていく。

徐々に人が減っていく教室。

みんなとは違って帰宅部のあたしは、机に座ってのんびりと帰る準備を進める。すると、スクールバッグにつけられた、乃亜からもらったクマのキーホルダーがふと目に止まった。

――キーホルダー事件のあと。

高嶺が釘《くぎ》を刺してから、あの三人組があたしにつっかかってくることは、なくなった。

そして乃亜に事情をすべて話すと、乃亜は嫌な顔ひとつせず、キーホルダーを直してくれた。それどころか、『大切にしてくれてありがとう』なんて言ってくれるんだから、やっぱり乃亜は天使だと思う。

クマのキーホルダーを見つめながら、微かに頬をゆるめた。と、そのとき。

「高嶺くん、また明日ねっ」

「ああ、また明日」

教室の前方から、女子生徒と高嶺のそんなやり取りが聞こえてきた。

挨拶《あいさつ》ですら、女子たちの声はピンク色だ。あたしもあんなちやほや挨拶をされてみたいもんだわ、なんてのんきにそんなことを考えていると。

「日吉さんも、また明日」

突然、プリンスモードで、高嶺が声をかけてきた。

まさか自分に振られるなんて思いもしてなかったあたしは、ふいをつかれて思わず目を丸くする。

「え？　あ、また明日……」

反射的にそう返したそのとき、横を通りすぎていった高嶺が、すれちがいざまにさりげなくあたしの机の上になにかを置いていったことに気がついた。

高嶺の方から挨拶されたからか、女子からの痛い視線を感じながらも高嶺が置いていったものを見てみると、それはふたつに折られたルーズリーフで。

まばらになったとはいえ、まだ人が残る教室でこうしてメモを渡してくるということは……うん、まちがいなくろくなことは書かれてないな。

ルーズリーフを開き、半ばあきらめながらそこに並んだ文字に視線を走らせたあたしは、案の定ため息をついた。

【学校前の交差点集合】

綺麗な字が、目に見えない圧力をかけてくる。

行ったら面倒《めんどう》なことになることは目に見えてるけど、背いたらどんな目にあうかわかったもんじゃない。

あたしは腹をくくり、教科書をつめこんだスクールバッグを肩にかけた。

「あ、来た来た」

交差点前、マスクをつけた高嶺が、走ってきたあたしを見て、教室とは打って変わった涼《すず》しすぎるトーンでそう言った。

「はぁ、はぁ……。来た来たじゃないわよ……！」

抗議の声をあげながら、あたしは握りしめていたルーズリーフを突きつける。

「なんなの？　これっ……」

すると、高嶺は表情を崩さずさらりと言った。

「付き合えってこと」

「は？」

「俺の暇つぶしに」

そして訳もわからないまま連れてこられたのは、町外れにあるショッピングモール。

放課後ということもあって、学生とよくすれちがう。

ガヤガヤとにぎわっているショッピングモールの中を並んで歩きながら、あたしは隣の高嶺を仰いだ。

「ねぇ。なんであたしが、高嶺の暇つぶしに付き合わされなきゃいけないのよ」

「お前、暇そうだったし」

憮然《ぶぜん》と即答される。

自分の暇つぶしに、暇そうだったからなんて適当な理由で付き合わせるなんて、理不尽もいいところだ。

宙くん誘《さそ》えばよかったじゃない、と言いかけて、宙くんはサッカー部の遠征で認欠だったことを思い出す。とはいえ、あたしのおだやかな時間が脅かされているのは事実。

「優等生さんは、寄り道なんてしちゃいけないんじゃないの？」

せめてもの反抗をするように抗議の声をあげれば、高嶺が前方を見すえたまま、唇を開いた。

「今日は家にいたくないから」

「え？　なんて——」

高嶺がぽつりとこぼした言葉を拾い取れなくて、聞き返そうとしたとき。

「あれやるか」

そう言って高嶺が足を止めたのは、ゲームセンターの入り口にあるＵＦＯキャッチャーの前だった。

……はぁ。しょうがない、ここまで来たら楽しむか。

「じゃあこれ、やろっかな！」

あたしがビビッと惹《ひ》きつけられたのは、ミニサイズのペンギンのぬいぐるみ。

「へー、こんなかわいい趣味あるんだ」

「どういう意味よ、それ。あたしだって女子なんだから、かわいいものが好きなの」

「やってみたら？」

「よーし、やってやろうじゃない」

高嶺に促《うなが》され、あたしは硬貨を投入する。

軽快な音楽が流れ始め、機械の指示どおりにアームを動かす。だけど。

「あーっ」

「全然だめじゃん」

あたしの動かしたアームは的外れなところに降り、ペンギンにかすりもせず、むなしく底の部分にガチャンとあたった。

「ん～！　くやしいっ。もう一回！」

もう一枚硬貨を投入し、再挑戦。一度失敗すると、次こそはできるんじゃないかという保証のない錯覚《さっかく》においいってしまう。

音楽が流れ始め、あたしはアームを左に動かすボタンを押す。そして、ここら辺かな、と調整していると。

「もっと左」

ふいに右肩に重みがのしかかってきて、耳もとに甘い吐息がかかった。

「……っ」

UFOキャッチャーのガラスに反射する自分の姿を見れば、あたしの肩に後ろから高嶺が顎を乗せていて。

「あと十センチ」

「ちょ、ちょっと……っ」

「あーあ、なんでそこで手離すんだよ」

動揺のあまりボタンから手を離してしまい、あえなくペンギンにかすりもしないところに降下していくアーム。

でも、あたしはそれどころじゃない。あーあって、だれのせいで……。

「だって高嶺が……！」

怒りをぶつけようとすると、高嶺があたしの肩から顎を上げた。そして、「貸してみ」とあたしの場所に代わって立つ。

「え？」

「この俺に任せなさい」

そう言って硬貨を投入した高嶺が、ボタンを操作する。

いやいや、高嶺みたいな優等生、UFOキャッチャーなんてやったことないでしょ。人のことばかにしてるけど、自分だって。なんて高みの見物をきめていると、あれ？と途中《とちゅう》で異変に気づいた。高嶺の手つきが慣れている。

これは……もしかして、もしかしなくても、UFOキャッチャーうまい感じ……？

あたしの戸惑《とまど》いなんてつゆ知らず、高嶺は迷いなくボタンを操作し、そしていとも簡単にペンギンをアームでつかむと、ボトッと音を立てて出口に落とした。

「取ーれた」

軽いトーンでそう言い、出口からペンギンを取り出す高嶺。

う、うそでしょ……。

思わずたじろいでしまう。高嶺にできないことって、もしやないの？

「ほら」

振り返りざま、高嶺がペンギンを差し出してくる。

「え？　くれるの？」

「あたりまえじゃん。つかさが欲しがってたから取ったんだし」

「高嶺……」

高嶺って、本当は優しいんだよな……。

受け取ったペンギンのぬいぐるみを、ぎゅうっと胸の前で抱きしめ、『ありがとう』の『あ』を言いかけたところで、高嶺がからかうような笑みを浮かべた。

「ぬいぐるみ持ってれば、少しはかわいげ出るんじゃねえの？」

はい。速《すみ》やかに前言撤回します。


「「じゃんけん、ぽん！」」

ふたりの声が重なり、二本の手が勢いよく飛び出す。

結果はあたしがパー、高嶺がグー。

「やった！　あたしの勝ち！　イチゴスペシャルクレープねっ」

「はいはい」

じゃんけんで負けた方が、フードコートに軽食を買いにいくという勝負に勝ったあたしは、壁際にあるベンチに座り、買いにいく高嶺の後ろ姿を見送った。

最初はどうなることかと思ったけど、なんだかんだ楽しんじゃってるな、あたし。

高嶺といると、気が楽っていうのが大きいのかもしれない。

そしてなにげなくさっきまで高嶺が座っていた場所に視線をやったあたしは、ふと高嶺の生徒手帳が置き去りになっていることに気づいた。

あれ、めずらしい。不用心だなあ。

忘れたら大変だと軽く持ちあげたとき、コトリと音を立てて生徒手帳にはさまっていたなにかが落ちた。

落ちたなにか。——それは、学生証だった。

目に止まったのは、そこに写っている、ムカつくくらい端正な顔だちの高嶺。

証明写真なんて、だれもが否応なく不細工に写るもんだって思ってたけど、レベルが違うイケメンは例外なのね……。なんて、ちょっとつまらない気分で学生証を生徒手帳の中にはさみ直そうとしたあたしは、ふとあることに気づいた。

あれ？　この生年月日……今日じゃない？

頭を動かし、今日の日付を再度思い返してみても、黒板に書いてあった今日の日付と学生証に記されている高嶺の生年月日は合致している。

高嶺、今日誕生日だったの……？

高嶺が誕生日だってことを今の今まで知らなかったのは、学校でだれひとりとして騒いでいなかったからだ。高嶺の誕生日なんて、普通ならお祭り騒ぎになっているはずなのに。


「はい、クレープ」

戻ってきた高嶺の手には、あたしのイチゴスペシャルクレープと、高嶺のコーラが握られていた。

「ありがとっ」

ベンチに並んで腰《こし》かけ、「いただきまーす」と声をあげたあたしはクレープにかぶりついた。

とたんに、クリームの甘さとイチゴの甘酸っぱさが口の中に広がる。

「んまーっ！」

あまりのおいしさに、歓喜のとろける声をあげてしまう。

「めっちゃおいしいよ、高嶺！　幸せすぎる……っ」

「お前の幸せ、四〇〇円かよ」

高嶺が眉を下げ、ふはっと吹きだすように笑う。

「……っ」

なんて攻撃《こうげき》力の高い笑顔。本性を知っているあたしですらドキッとして、思わず釘づけになっていると。

「クリーム、ついてんじゃん」

「え？」

高嶺が目もとをゆるめたまま、こちらに両手を伸ばし、あたしの頬を両側から覆うようにあてがった。

びくっと体が揺れたのもつかの間。

「手がかかるやつ」

そう言いながら、高嶺が親指でクリームがついていたと思しきところをぬぐう。

「た、かみね」

そしてそのまま、両手で包みこむようにふにふにと頬を触ってくる。

「はは。つかさのほっぺ、やわらけー」

……やばい。いつもよりおだやかな高嶺の瞳が、あたしを見つめてる。高嶺の手が、直に熱を伝えてくる。心臓が壊れそう……っ。

極限状態になると、声すら出なくなってしまうらしい。黙ったまま、縫《ぬ》いつけられたように高嶺を見つめていると。

「ん、もうつけんなよ？」

そんな言葉とともに、両頬からやっと高嶺の手が離れた。

「う、ん……」

遅れるように、心臓から圧迫されるような息苦しさと、急激な体温の上昇がやってきて、あたしはたったひと言返事をすることすらままならなかった。


そしてクレープを食べ終えたあたしたちは、そろそろ帰ることにした。

「もう五時かあ」

「あ〜、久しぶりに遊んだわ」

ショッピングモールを出たところで伸びをしながらそう言う高嶺を、あたしは呼び止めた。

「ねえ、高嶺」

「ん？」

「あのさ、ほんとに気持ちなんだけどね」

そう言いながら、スクールバッグから小包を取り出す。

「高嶺、誕生日おめでとう」

「え……？」

「さっき、学生証見ちゃって。そしたら誕生日が今日って書いてあったから、プレゼント買ってみたの」

高嶺がクレープと飲み物を買いにいっている間に急いで買ったから、いろいろ吟味《ぎんみ》して、というわけにはいかなかったけど、直感的にこれをプレゼントしたいと思った。

「えっとね、プレゼントっていうのは、実はピアスなんだよね」

驚いたようにあたしを見つめていた高嶺が、目を見開き、一層驚きの色を示す。

「高嶺のキャラじゃないってわかってるんだけど、ほら、高嶺の耳、穴開いてるじゃない」

髪に隠れているから気づいていない人が大半だけど、幸か不幸か高嶺と至近距離になることが多いあたしは、ひっそりと開けられている耳の穴に気づいていた。

「だから、なんていうか、高嶺いつもがんばってるから、息抜きにしてもらいたいなって」

選んだのは、シルバーのピアス。多くのピアスが並ぶ中、それが高嶺に一番似合う気がして、ほぼ即決《そっけつ》だった。

「どう、かな」

さっきから高嶺の反応がなにもなくて、不安になってきた。もしかして、お節介《せっかい》すぎた？

すると、目を伏せ小包を見つめていた高嶺が、そっと視線を上げた。

「ありがとな」

「……っ」

思わず驚いたのは、高嶺の瞳があまりにも切ない色に染まっていたから。

『ありがとう』なんて言葉も、誕生日も、あまりにもそぐわない笑顔。

どうしてそんなに振りしぼったような、つらい笑顔をするの……？

口を開こうとしたとき、ふとそれをさえぎるように、スマホの着信音が鳴りひびいた。

鳴ったのは、高嶺のスマホ。

メッセージの受信だったらしい。ポケットから取り出し、ディスプレイを確認した高嶺が顔を上げる。

「……悪い。急用で送れなくなった」

そう告げる声の響きは凛《りん》としているのに、その瞳は申し訳なさそうに揺れていて。

こんなに自信ない様子の高嶺は、初めて見た。そんな、謝るようなことじゃないのに。

「大丈夫！　まだ全然明るいし！」

あたしは雰囲気を明るくするように声のトーンを持ちあげると、片手を挙げ、笑顔をつくる。

「じゃあね、高嶺。また明日っ」

あまり長居したら高嶺が帰りづらいだろうと思ったあたしは、くるっと踵《きびす》を返す。

と、そのとき。ふいに後ろからぐっと手首をつかまれた。

つられるように振り返れば、高嶺があたしの手首をつかみ、まっすぐにこちらを見つめていて。

「高……」

「今日はありがとな。楽しかった」

「……っ」

錯覚なのかな。高嶺の表情が名残惜《お》しそうに見えるのは。いつも意地悪しか言わない高嶺の、本音のように聞こえるのは。

「あたしも。楽しかったよ、高嶺」

心からこぼれた笑顔でそう返せば、高嶺の手がためらいがちに、あたしの手首からそっと離れた。


ひとりで歩く、帰り道。

さっきまでしゃべっていたからか、なんとなくあたりをまとう空気がさみしい。横の車道を多くの車が行き交い、あたしの髪を容赦なく乱していく。

今日の高嶺、なんとなく変だった。いつものムカつくくらいの余裕さが感じられなくて、張りあいがなかった。誕生日を祝ったときも、メッセージの着信があったときも。誕生日なんて、あたしにとっては毎年何ヶ月も前から楽しみなものなのに、高嶺にとっては違うんだろうか。……だとしたら、それはなんだかさみしいことだ。

それに、せっかくの誕生日に、あたしなんかといてよかったのかな。

「高嶺のこと、なんにも知らないんだなぁ、あたし……」

足元に視線を落とし、ふと、ぽつりとこぼしたそのとき。

「よー、久しぶりだなぁ、日吉」

「……っ」

この世でもっとも耳障りでおそろしい声が背後から聞こえてきて、心臓が、そして体が一瞬にして凍りついたのを感じた。

体は芯《しん》から冷えきっているのに、耳の裏が熱を持ったように痛い。

動けずにいると、その声の主はあたしの前に回りこんだ。

「ひどいじゃん。せっかくの再会なのに、無視するなんてさぁ」

無理やりあたしの視界に入りこんできたそいつは、口をゆがませて意地の悪い笑みを顔いっぱいに塗《ぬ》りたくっていた。

目の前が、濁りきった黒に染まっていく。

……ああ。その笑顔、あの頃からちっとも変わってない。

この男——平野望《ひらののぞむ》と出会ったのは、中学一年生のときだった。初めて言葉を交わしたきっかけは、平野からの呼び出しだった。

『俺、日吉のことが好きなんだけどさ……、俺と付き合ってよ』

忘れもしない。校舎裏というベタな場所で、あたしは人生で初めて告白された。

初めてだったということもあって、同じクラスにもかかわらずよく知りもしない平野の告白に、あたしはOKを出した。

『あたしでよかったら……』

『まじっ？　よっしゃー！』

あたしの返事に喜ぶ平野の姿がうれしかったのを、よく覚えてる。

初めての彼氏、初めてのお付き合い。そして初めて自分に向けられた、異性からの『好き』。そんな言葉や状況に浮かれて、あたしはよく知らない平野のことを好きになろうと決めた。

だけど、告白から数日経っても、あたしと平野の間に進展はなにもなかった。でもこれから、時間とともに自然と関係も変わるんだろうなんて、そんなことを思っていた、ある日。

放課後、帰宅途中で宿題に必要なノートを教室に忘れてしまったことに気づいたあたしは、ノートを取りに学校に戻った。

ほとんどの生徒が校舎を離れ、あたしの上履《うわば》きがリノリウムの廊下を蹴る音だけが、耳に響く。

すると、教室がある階に出たところで、突然あたしの足音に混じってだれかの話し声が聞こえてきた。

『いやー、平野やばいよ』

曖昧にしか聞こえなかった話し声の中で、ふと聞き慣れた単語を耳が拾った。

『いや、俺がやばいんじゃなくて、あいつがやばいんだよ』

続けて聞こえてきたのは、平野の声。その平野の声に、どっと笑いが起きる。

声がするのは、あたしの教室から。平野がクラスの男子たちと話しているのだということをさとる。盛り上がってるな、と思いながら教室に歩を進めたとき。

『日吉、すっかり勘違いしてるもんなぁ。今日だって、お弁当作ってこよっかなんて言ってるんだぜ？　いい加減、騙されてること気づけっつーの！』

『え……？』

思わず、足が地面に張りついたかのように立ち尽くす。平野のはっちゃけた声と、男子たちの笑い声を聞きながら、あたしは目の前の世界がななめにゆがんでいくのを感じた。

今、なんて言った……?

『実は男に免疫なさそうランキング一位、伊達《だて》じゃねぇわぁ。おい、みんな、ルールどおり日吉のことおとしたんだから、おごれよ〜っ』

平野の機嫌よさそうな声にかぶさるように、あたしの肩からずるりとスクールバッグが床に落ちた。

その瞬間、音に反応して、教室の中にいた男子十数人ほどの視線が一斉に入り口に立つあたしに向けられる。もちろん、平野を含めて。

『あたしのこと、騙してたの……?』

震えた声でつぶやけば、平野は口を開いた。悪びれた様子など一ミリもない、あたしを心底ばかにするような笑顔を浮かべて。

『なぁんだ、バレちゃったかぁ』

『平野……』

絶望にそまったあたしの声は、平野の振る舞いにどっと湧く男子たちの笑い声にかき消される。

立ちすくむあたしに、平野は追い討《う》ちをかけるように悪意に満ち満ちた笑みを浮かべたまま唇を動かした。

『付き合ってるなんて思ってたの、日吉だけだから。それなのにまじになっちゃって、イタいよお前』

『……っ』

さらに大きくなる男子たちの卑《いや》しい笑い声。その渦《うず》は、あたしを覆いつくしていく。

ああ、あたし、今笑われてるんだ……。

逃げ場がない。うまく呼吸ができない。体が均衡《きんこう》を保っているのかもわからない。

怖い、怖い、怖いっ……。

視界が、そして心が、まっ暗な闇に支配された。

この出来事をきっかけに、あたしは男子に対して恐怖心をいだくようになった。トラウマを植えつけた元凶、それが平野なのだ。

高校で離れたと思ったのに、まさかまた会ってしまうなんて。

平野に再会した翌日、あたしは重い足取りのまま学校に登校した。

昨日はとっさに逃げたからよかったものの、もう一度会ったりしたら。そう考えるだけで、恐怖心で体が冷えていく。

勉強にも身が入らず、かと言ってだれかに相談することもできず。乃亜に話しかけられたって、いつものテンションで返すことができない。こんなあたし、自分が一番嫌なのに恐怖心を打破することができなくて。

そして迎えた放課後。帰り道が反対方向の乃亜と校門前で別れ、ひとり帰路につく。

歩きながら、そういえば、とふと思う。今日の高嶺はいつにも増して忙しそうだったな。

昨日高嶺が受信したメッセージのことがなんとなく引っかかって、あのあと大丈夫だったのかと聞こうとしたのに、叶わなかった。

だれからのメッセージだったんだろう。明日は話せるかな。と、そんなことを考えながら、車の往来が激しい大通りを抜け、一本外れた路地に差しかかったとき。

「――昨日はなんで俺のこと置いていっちゃったんだよ」

前方から聞こえてきた声に、背筋に氷が流しこまれるような感覚を覚えた。

ぼうぜんと立ち尽くす視線の先に――平野が現れる。

「俺、さみしかったんだけど」

「……っ」

笑顔で、だけど責めるように言いながら、距離をつめてくる平野。

警報を鳴らすように鼓動が暴れる。怖い、怖い、と体中が悲鳴をあげている。

どうしよう、手が、体が震えて止まらない。

「あんたに用なんてないから……」

「はっ。昨日あんなに楽しそうに男と遊んでたくせに、今さら純情ぶってんの？」

棘を隠そうともしない平野の言葉に、びくっと心臓が反応する。

それってもしかして高嶺のこと……？　昨日、見られてた……？

「そ、その人は……っ」

「あいつ、どうせ日吉のことからかってるだけだよ。遊ばれてんの、日吉は。ほんと、成長しねぇなぁ」

たたみかけるような物言いに、ぐっと言葉につまる。

あたしがばかにされるのはいい。でも、高嶺のことを悪く言われるのは……嫌だ。

「違う。高嶺はそんな人じゃない……」

「ああ？　目も合わせられねぇくせに、なに言ってるんだよ」

平野が威嚇《いかく》するように、ぐいっと顔を近づけてくる。

怖い……。でも。

「あんたよりもあいつの方が……っ」

目をぎゅっと閉じたまま、震える声を張りあげたとき。

――ダンッ。

突然すぐ近くから打撃音がして、続けて。

「そんなに女いじめて楽しい？」

緊張で張りつめた空気を壊すように、透きとおる響きを持った声が聞こえてきた。

……この声を、あたしはよく知ってる。

恐怖心がゆるんで目を開けば、高嶺があたしと平野の間の外壁に手をついていて。

平野からかばうように立つその姿を視覚で認知したとたん、安堵からか目の奥がじんと熱くなった。

平野も、高嶺の登場に動揺を見せる。

「あ、あんたは……」

「ずいぶんいじめてくれたみたいだな」

「そ、そんなこと、あんたには関係ねぇ！　俺は中学の時から……」

平野が声を張りあげると、高嶺はそれをさえぎるように低いトーンで返した。

「お前がどこのだれかなんて知らねぇけど、俺以外の男にこいついじめられるのが一番ムカつくんだよ」

「なっ……」

「たか、みね……」

目を見開きあっけにとられている平野のネクタイをぐっとつかみ、高嶺がつめよる。

「わかったら、分をわきまえてから出直してこいよ。俺が相手になってやるから」

ふっと不敵な笑みすら浮かべる高嶺にかなわないとさとったらしい。

「好きにしろよっ……」

　そう吐き捨てたかと思うと、平野は踵を返して去っていった。

　足早に遠ざかっていく平野の足音を聞きながら、あたしの視線は高嶺の後ろ姿に向けられていた。

「高嶺、なんで……」

「お前の様子が露骨《ろこつ》に変だったから。なんかあったんじゃないかって様子見にきて正解だった」

　言いながら、高嶺がこちらを振り返る。

「あいつが、お前の男嫌いの元凶？」

「え？」

「なんとなく、お前の反応見てたらそんな気がした」

　あたしは正直にこくりとうなずいた。そして。

「中学のとき……」

　まだ微かに震える唇を開いたとき。

「いいよ、無理して話さなくて」

「高嶺……」

　高嶺のおだやかな声音が、あたしの声を阻《はば》んだ。

だめだよ、今、優しくされたら……。

ギリギリのところで踏ん張っていた気持ちが、高嶺の声にほだされて思わずゆるんで、本音が口からこぼれた。

「怖かった……」

思わずうつむき、ぎゅうっとまぶたをきつく閉じる。

怖くて怖くて、仕方なかった……。

すると次の瞬間、ふわっと甘い風が襲ってきたかと思うと、高嶺の右腕があたしの頭を自分の胸もとに引きよせた。

「た、たかみ……っ」

「がんばったじゃん」

「……っ」

そんなことを言ってもらえるなんて思ってもみなかったあたしは、体のこわばりも忘れて、思わず声をつまらせる。

「録画でもしておけばよかったなー、お前の勇姿」

「……ばか」

すねたような返しに、ふはっと頭上で笑ったかと思うと、高嶺の大きな手が、ポンポンとあたしの頭に優しくふれた。

「こうやって、素直じゃないお前をあやすのは、俺の役目な」

降ってきた思いがけない優しい言葉に、また涙腺がゆるむ。

どうして高嶺は、優しさが欲しいときに、すべてをわかったように優しさをくれるんだろう。

今日なんて、優しさ安売りしすぎじゃない？

……だけど、いいかな。今日くらい、そんな優しさに甘えても。

あたしは目を閉じ、高嶺の胸にすべてを預けた。

「俺が消えたら、嫌なの？」


「一位は……今回も高嶺。さすがだ、よくがんばったな」

先生の言葉に、教室中が祝福と感嘆の声で沸く。

今はSHR。この前行われた、定期テストの成績表が返却されているところ。

「ありがとうございます」

高嶺がプリンススマイルを浮かべ、先生から成績表を受け取っている。

完璧なのが容姿や振る舞いだけじゃないところが、プリンスたる所以《ゆえん》、らしい。なんだかんだ言って、すごいと認めざるを得ない。口だけじゃなく勉強までしっかりできるんだから。

もともと天才なのか、それとも勉強をがんばっているのか。まあ、大方前者だろうとは思うけど。だって、高嶺が必死に勉強してるとこなんて全然想像できないし。

……それに比べ、あたしは。

自分の成績表に視線を落とし、はぁ～と深ーいため息をつく。勉強、がんばったはずなのになぁ。

クラス順位上位を目指したのに、結果は振るわず、半分の順位よりちょっと下。賞賛《しょうさん》を受けている高嶺に比べ、不甲斐《ふがい》ない自分に、ガクッと肩を落とした。

やがてSHRが終わって休み時間になると、乃亜が目をキラキラさせながら、あたしの机のもとへと駆けてきた。

「つかさちゃん、テストどうだった?」

「あんまりよくなかった……」

うつむき、オーバーぎみに落ちこんでみせる。

「え……っ」

乃亜のためらいがちなショック声。

ふふふ。乃亜ちゃんごめんね、引っかけちゃって。

「……でも、追試はない!」

顔を上げてニッと笑うと、乃亜が心から安堵したように、ほわーっと笑顔を浮かべた。

「よかったぁ……! 私も追試なかったよ! ということは、行けるねっ」

「うん、行けるー! お祭りー!」

「お祭りだぁーっ」

乃亜とふたりバンザイをする。

今年の夏祭りが、ちょうど追試験の日にかぶっていたのだけれど、なんとか免れた。

今回のテスト勉強をがんばった最大の理由がこれ。なんとご褒美が乃亜との夏祭りデートだっていうんだから、がんばらないわけにいかない。

上位には食いこめなかったものの、追試にならなかっただけで万々歳だ。乃亜に関しては、テスト順位上位の常連だから、まったくもって心配してなかった。

乃亜が、うれしそうに胸の前で手をたたく。

「浴衣準備しなきゃ！」

「の、乃亜たんの浴衣……！」

その響きだけで鼻血モノだ。スマホの容量、十分確保しとかなきゃ。

「つかさちゃんも着るよね？　浴衣」

「乃亜が着るなら着ようかな」

浴衣なんて、何年ぶりだろう。夏祭りに行くとしても、私服や制服でばかり行っていたから、浴衣は久しく着ていない。

「あー、楽しみ！」

あたしと乃亜は、さっそく夏祭りの日の予定を立て始めた。

あれだけ待ち遠しかったというのに時間はあっという間に流れ、ついに夏祭り当日を迎えた。

お母さんに着つけを手伝ってもらって着た朝顔柄《がら》の浴衣に、慣れない下駄《げた》を履き、足をひねりそうになりながら、あたしはやっとのことで乃亜との待ち合わせ場所である駅前へやって来た。

乃亜を待って、駅の壁にもたれかかっていると、目の前を浴衣を着た男女が通りすぎていく。街全体が、夏のにおいとともに夏祭りに染まっていて、それだけで心が浮ついてしまう。

しばらくして。

「つかさちゃぁん！」

どこからともなくかわいすぎる天使ボイスが聞こえてきたかと思うと、金魚の柄の浴衣を身にまとった乃亜が、手を振りながらこちらへ駆けてきた。

「乃亜！」

天使の姿を目にするなり、スマホのカメラを起動しパシャパシャと写真を撮る。

はい、予想を裏切らずやっぱり鼻血モノです。天使が夏祭りに舞い降りました。

「遅《おそ》くなってごめんねっ」

「全然。今来たとこだし！」

「ちょっと、着つけに手間取っちゃって」

うんうんとデレながら話を聞いていたあたしは、ふとある異変に気づいた。

「乃亜、前髪切った？」

指摘すると、乃亜があわてふためきながら両手で前髪を隠した。

「あっ、あのね、ママに頼んだら、切られすぎちゃって……！　う〜、恥ずかしい……っ」

もともと眉のラインできっちりそろえられていた前髪が、眉上でそろえられている。

「んー ん、すっごくかわいいよ。かわいすぎ。かわいすぎて意味わからない」

「ほ、ほんと……？」

「うん」

一ミリの迷いも見せず力強くうなずくと、乃亜がえへへと笑った。

「落ちこんでたから、ホッとしたぁ。ありがとう。つかさちゃんも、まとめ髪と浴衣、すっごく似合ってるよ！」

「えっ？」

髪はお姉ちゃんに結ってもらった。普段はストレートの髪をおろすだけだから、こんな髪型はほとんどしたことがなくて、実はちょっとそわそわしていた。乃亜に似合ってるって言ってもらえるなんて照れちゃうな……。

「へへ、ありがと。さっ、そろそろ行こうか！」

あたしは乃亜の手を取ると、人がにぎわう方に向かって歩きだした。


それから、乃亜とふたりでたくさんの屋台を回った。

金魚すくいをする乃亜も、りんご飴を舐《な》める乃亜も、綿あめをパクッと口に含む乃亜もかわいすぎて眼福だ。あたしの心も写真フォルダも満タン。

「つかさちゃん、楽しいねっ」

乃亜がうれしそうに目を細め、あたしを見る。

「うん！　楽しい……！」

幸せいっぱいでにやけながら、ラスト一個になったたこ焼きをパクッと口に放りこんだとき。

「あれ？　あーっ！　乃亜と日吉ちゃん！」

喧騒《けんそう》をかきわけて聞こえてきたやけに元気な声に、そちらを振り向いたあたしは、

「んっ……」と思わずむせそうになった。

だって、そこに立つ宙くんと高嶺を見つけてしまったのだから。

こんな大勢人がいる中で、よりにもよってこのふたりに遭遇《そうぐう》しちゃうなんて。

私服姿のふたりは、今日も無駄《むだ》にかっこいい。相変わらずまわりの女の人たちの視

線を集めている。

でもそんな視線も気にすることなく、宙くんが前のめりになって、両手を胸の前で上下にぶんぶんと振る。うれしそうに、ピカピカの笑顔を浮かべて。

「祭り、ふたりも来てたんだ！　会えるなんてうれしいなー！　ふたりとも浴衣姿かわいーっ！」

「あはは……」

相変わらず元気で軽いよ、宙くん。

「宙くんと高嶺くん、ふたりで来たの？」

乃亜が聞くと、宙くんが腰に手をあて大げさにため息をついた。

「そー。でも、やっぱりお祭りっていったら、女の子と回らなきゃだよね！」

そ、そういうもん？　たぶんそれ、宙くん論だと思うけど。

「ということで！　俺、乃亜と回ってくるから、あとのふたりよろしくっ！」

「……へ？　へっ……⁉」

なに言ってんだ、このばか！と叫ぶ前に、宙くんは乃亜を連れて人混みに消えてしまった。

……ま、まじですか。よりにもよって、残されたのが高嶺とって……。

横を見上げると、あきれた顔で宙くんたちの消えていった方を見つめている高嶺。

よね。


「ったく、宙のやつ」

「あーあ、花火見たかったのに……」

「あーあ、乃亜も連れていかれちゃったし、帰ろうかな……。高嶺も、この状況じゃ帰りたいよね。

水ヨーヨーをポンポンとつきながら、しょんぼりうつむいたとき。

「見るんじゃねぇの？」

思いがけない言葉が降ってきて、「え？」と聞き返すと、高嶺が首にかけていたお面をつけた。

「せっかく来たんだから、花火見よ」

「高嶺……」

高嶺をまじまじと見ていたあたしは、思わずくすっと吹きだしてしまった。だって、高嶺がつけているのはひょっとこのお面。

「ふふ、なんでそんなお面持ってるの？」

「宙がふざけて買ったんだよ」

「なるほど、宙くんチョイスね。でも、突然つけてどうしたの？」

「ふたりでいるとこ見られても、これつけてればバレないだろ」

「高嶺……」

この前のこともあって、心配してくれてるのかな。不謹慎《ふきんしん》かもだけど、ちょっと、うれしい。

思わず目もとの力がふっと抜ける。

「ほら、行くぞ」

「うんっ」

と、ふたりで歩きだしたはず。

なのに、しばらくして隣を見ると、高嶺の姿はなくて。

振り返ると、人混みにもまれているひょっとこの姿。その光景はシュールすぎて、思わず笑いそうになるけど。

「ちょっと、大丈夫？」

駆けよって、人混みから高嶺を救いだす。

「あぶねぇ……どこかに流されていくかと思った……。このひょっとこ、前が見づらすぎる……」

よっぽど身の危険を感じたのか、めずらしくあせりに染まった声をもらす高嶺。たしかに、この人混みの中、お面をつけて歩くのはそうとう難しいだろう。

ぐっと下唇を噛《か》みしめ決意を固めたあたしは、微かに震える手を伸ばし、そして高嶺の手を握った。

「え？」

表情は見えないけど、こっちを見つめるようにして、ひょっとこが驚きを見せる。

「あ、あたしにつかまってなよ。はぐれないよーに」

「平気なのかよ」

高嶺が言ってるのは、あたしの男嫌いのことだ。

この前高嶺と練習したものの、やっぱり簡単には慣れない。でも。

「た、高嶺の方が、大事、だから……っ」

言ってるうちに、顔が熱くなる。

高嶺がはぐれちゃったら、大変だから。そういう意味だと頭ではわかっていながらも、口にするとなんだか恥ずかしい。

高嶺が返事してくれないから、余計恥ずかしくなってくる。お面をつけてるから、表情もわからない。

もう、なにか言い返してよ……。

顔が赤くなったのがバレないように、さっと背中を向け高嶺の手を引く。

「さっ、行こっ」

だけどすぐに、高嶺の足取りが重くなってきたことに気づいた。歩きながら後ろを振り返る。

「高嶺？　どうしたの？」

「ちょっと、酸欠……」

「えっ！　うそ⁉」

お面をつけてるから、呼吸しづらいのだろう、きっと。

「どこかお面外せるような、人いないとこ探そ！」

そうしないと、高嶺が酸欠で死ぬ……！

あたりを見回しながら、人がいない場所を探す。でも、どこも人であふれかえっていて。

いつの間にか、高嶺の手を握る手に力がこもっていた。

「……ごめんね、高嶺」

人をかき分けながらあたしの口をついて出ていたのは、弱気な謝罪の言葉。

「は？　なにが？」

「高嶺と釣りあうような子だったらなって。女子たちに見つかっても、なにも言わせないくらいの。そしたら、高嶺にお面なんてつけさせずにすむじゃん……」

しゅんとうつむいたそのとき、突然ぐいっと手を引かれたかと思うと、強引に高嶺に向き合わされた。

「……っ」

視界に高嶺しか映らなくて、人混みの中、あたしたちだけになったような感覚におちいる。

あたしの手首を握る、高嶺の手が熱い。

「ばーか。つまんねぇこと言ってんじゃねぇよ」

「……っ」

そして、長い人差し指が伸びてきたかと思うと、コツンと額《ひたい》を小突《こづ》かれた。

「なっ……」

デコピンされたおでこを押さえ、なにか言い返そうとしたあたしよりも先に、高嶺が口を開いた。

「お前といると気が楽だよ、俺は。つかさは、俺の息抜き場所っつうか」

そこまで言ったところで、ふいに高嶺が額に手をあてた。

「っていうか、酸欠……」

あ、やばい！　高嶺の酸欠状態忘れてた……！　どこか、お面を外せる場所見つけないと……。

あたりを見回したそのとき、行き交う人と人のすき間から、左前方に階段が見えた。

その階段を視線で上までたどれば、神社らしき建物がある。

「高嶺、あそこなら人いないかも！」

あたしの目論見《もくろみ》どおり、階段を上ってみると、境内《けいだい》には人がほとんどいなかった。神社の後ろに回れば、幸いなことにだれもいなくて。

よかった……。これでなんとか、目の前で死人を出さずにすむ……！

「はやくお面取って深呼吸《しんこきゅう》して！　酸欠になっちゃうから！」

ぶんぶんと胸の前で手を上下に振りあわただしくそう促すと、高嶺がゆっくりとお面を取り、そして「ふぅ」と息を吐いた。

……ん？

「なんか、苦しそう、じゃない……？」

すると、高嶺が落ち着きはらった声で言った。

「全然酸欠じゃないけど？」

「……はい？」

「お面少し持ちあげれば、呼吸くらいできるし。そんなこと気づかねぇほどばかじゃねぇから」

まったくもって状況は理解できてない。でも、今、遠回しにばかって言われたことだけはわかった。

必死に頭を動かして、やがてひとつの真相にたどり着く。つまり、高嶺は、あたしのこと……。

「酸欠って騙してたの……？」

頭に浮かんだ疑惑をおそるおそる声にすると、高嶺がふっと顔をゆがめて笑った。

その笑顔は、まさに悪魔のそれだ。

「ちょっとからかってやろうと思ったら本気にするから、おもしろくって。やっぱりいじめがいがあるよな、つかさって。でも、詐欺《さぎ》とか悪徳商法とかには気をつけた方がいーんじゃねぇの？」

高嶺が上体を倒し、あたしの顔をのぞきこむ。やっぱりあの意地悪な笑みを浮かべて。

……最低だ。

あたしは顔を見られないようにバッとうつむき、ぎゅうっと浴衣を握りしめた。

「……ばか、高嶺のばか」

怒りMAXだよ、あたし。

あたしに、お面をつけさせてごめんねって謝らせておいて……。

……でも、ううん。違う。怒ってるのは、そこじゃない。今、あたしがこんなに怒ってるのは。

「本気で……本気で心配したんだからね……。窒息死とか、そこまで考えちゃったんだから……」

高嶺が死んじゃうかもって、心配させたことに対してだ。

すると、高嶺が静かに聞いてきた。

「……俺が消えたら、嫌なの？　こんな俺でも？」

「そんなのあたりまえに決まってんでしょ、ばか」

どんなに悪魔だって、どんなに意地悪だって、高嶺がいなくなるのは嫌だ……。

……って、なに言っちゃってんの、あたしってば！　まんまと高嶺の口車に乗せられて！

我に返り、急激に恥ずかしさが込みあげてくる。

「あっ、あたし、なんか食べる物買ってくる……！」

今すぐここから逃げ出したい……！　もうその一心で、高嶺の顔も見ずにその場から立ち去ろうとする。

だけどきっと、気持ちも体もあせっていたんだろう。自分が下駄を履いていることも忘れて駆けだそうとしたせいで、下駄の爪先《つまさき》が石と石の間に引っかかって。

「うわ……っ」

足を取られ、バランスを失って前へ倒れていく体。

こ、転ぶーっ！

迫りくる衝撃を思い、反射的にぎゅうっと目をつぶる。だけど、体にぶつかるだろう痛みは、いつまでもやってこなかった。

だって、あたしの体は温かいなにかによって支えられていたから。

「あぶねー」

頭上から降ってきた声と甘いにおいで、すぐに、自分が高嶺の胸に顔をうずめていることをさとる。転びかけたあたしを、高嶺が抱きとめてくれていた。

こんなゴツゴツしたかたい石の上で転んだら、体も浴衣もひとたまりもなかった。まさに危機一髪《ききいっぱつ》、だ。

「えへへ、助かった……。ありがと」

高嶺を見上げ、笑いかけた、そのとき。ふいに背中に回った腕に力がこもったかと思うと、体を抱きすくめられて。

再び高嶺の胸に顔がうずめられ、甘い香りがあたしを襲う。

な、なに……？

自分に起きている状況を理解できない。

あたし、今、なんで……抱きしめられてるの……？

「……え？」

思わずこぼれてしまったかのように困惑の声をあげると、その声が届いたのか、高嶺が我に返ったようにバッと体を離した。まるで、あたしを拒絶《きょぜつ》するみたいに。

「あー……悪い、こういうのはだめだよな。ごめん」

高嶺がななめ下へ視線を向けながら、つぶやく。

高嶺と目が合わない、から、不安になる。高嶺の瞳が、なぜか読み取れない。

でも、地面のただ一点を見つめる瞳、それがあたしを映していないことだけはたしかだった。

なんで……謝るの？　ねぇ、謝らないで。そんなふうに心から謝られると、なぜか胸が痛くなるの。

「高――」

高嶺に手を伸ばし名前を呼びかけた、そのとき。

「あっ、つかさちゃーんっ！」

「高嶺と日吉ちゃん、はっけーん！」

神社の正面の方から明るい声が聞こえてきたかと思うと、乃亜と宙くんが姿を現した。あたしはあわてて伸ばしかけていた手を引っこめ、ふたりに向き合う。

「の、乃亜、宙くん」

わざと明るく振る舞うけど。どうしよ、笑顔がうまくつくれない。

日が没し薄暗くなってきていて、この暗さに助けられる。

「もう、電話してもふたりとも出ねぇんだもん。めっちゃ捜《さが》しまくって心配したよなぁ、乃亜ー？」

「無事に合流できてよかったよ〜」

「ごめんね、宙、乃亜ちゃん。心配かけちゃって。でも、ちょうどよかった。もうすぐ花火が打ち上げられる時間だよ」

かたい笑顔をつくるあたしの横で、高嶺は何事もなかったかのように、プリンスの仮面をかぶっている。

やがて高嶺の言葉どおり、地鳴りを響かせて夜空に大輪が打ち上がった。

空を見上げ、うれしそうにきゃっきゃと声をあげる乃亜と宙くん。

隣に立つ高嶺は……どんな顔をしているんだろう。

顔をそちらに向けられない。近くに、すぐ隣にいるはずなのに、遠くて。

高嶺が踏みこむなと言っているのか、自分で自分に踏みこむなと言っているのか。

どちらかはわからないけど、あたしは高嶺に踏みこめない。

打ち上がった花火を見ても、どこか夢を見ているような感覚で、花火が今目の前の空に描かれているという実感を得られない。

……でも、ただひとつ、たしかなことがある。

さっき、高嶺に抱きしめられて、気づいてしまった。あんなに男が嫌いだったのに、高嶺に抱きしめられたあたしの鼓動は、高鳴っていたということに。
――あたし、高嶺のことが好きなんだ。

「隠してるんだろうけど、バレバレ」

あの夏祭りの夜から、あたしと高嶺の間には溝ができてしまった。

なんとなく、高嶺に避けられている。それにあたしも、自分の気持ちを意識してからというもの、緊張して話しかけられなくなってしまった。

すぐに夏休みに入ってしまったのも、ひとつの原因。

勉強もせずに乃亜と過ごす毎日なんて、なにより幸せなはずなのに、やっぱり高嶺の存在がずっと胸の奥でつっかえていて、夏休みを満喫できなかった。

でもその夏休みが終わって新学期が始まっても、あたしと高嶺の距離は変わらなかった。

近づいたと思えた距離は、プリンスと一般生徒とのそれに逆戻り。

目が合うことも、話しかけられることもない。ななめ前に座る高嶺の背中は遠いまま。

そんな、微妙な空気の中。空気が寒さを運び始めた、ある日のこと。

今日は、学校を包む雰囲気がいつもとは違っていた。

「高嶺、欠席」

SHRで担任の先生が出席名簿をつけながら、そう口にする。そのとたん、教室はより一層どんよりとした空気になった。

そう、今日は高嶺が休みなのだ。

女子はというと、授業へのモチベーションをなくしたのか、みんなすっかり意気《いき》消沈《しょうちん》している。

風邪を引いたって宙くんに聞いたけど、大丈夫なのかな。たしかに昨日めずらしくマスクしてた。咳《せき》、つらそうだったっけ。

考えだしたらいてても立ってもいられず、あたしは放課後になると真っ先にスーパーへ足を運んでいた。

お見舞いで持っていく消化のいいものや栄養のある食料を、カゴいっぱいに入れたところで、はっと我に返る。

心配でここまで来ちゃったけど、迷惑だったらどうしよう。

弱くなった心につけいるように浮かんでくる不安。だけどあたしは、それらを蹴散らすように、カゴを手に、ぶんぶんと首を横に振った。

だめだめ、難しいこと考えるのはやめた。今は高嶺の体調を第一に考えないと。

レジに向かう途中、ふいにレジ近くにあるお菓子売り場が目に止まった。売り場の一番奥には、数種類ののど飴が並んでいて。

咳してたし、のど飴も買っていこうかなと、のど飴コーナーに立ち寄る。

……あ、これいいかも。

手に取ったのは、ウイルスがモチーフなのか、悪魔のキャラクターがプリントされたパッケージののど飴。

ふふ。悪魔なんて、高嶺にぴったりだ。

人知れず笑顔を浮かべ、あたしはそののど飴を数袋カゴに入れた。


「重……」

ビニール袋の中には、大量の食料。

これを食べたら高嶺よくなるかな、とか、これあったら高嶺喜ぶかな、なんて考えていたら、ついつい買いすぎてしまった。

ビニール袋を持ちよろよろ歩きながら、学校を出る前に宙くんに描いてもらった地図を、頭の中に思い浮かべる。たしか、高嶺の家まで、もうちょっとのはずだ。

重い荷物と格闘《かくとう》しながら、それからしばらく歩いたあたしは、一軒の大きな家の前で足を止めた。

「ここ、かな……？　黒い屋根に、グレーの外装、二階建て、高嶺の表札……」

宙くんに教えてもらった特徴《とくちょう》を一つひとつ声に出し、指をさして確認する。

……まちがいない。教えてもらったとおり。

綺麗な家だろうなとは思っていたけど、予想どおりモダンで綺麗な家だ。

「ここが、高嶺の家……」

あたしはドアの前にしゃがみこみ、ビニール袋をドアの前に置く。

気づいてもらえますように。寒いし、食べ物が悪くなることはないだろうけど。

あえて、手紙や連絡を入れることはしない。あたしだってことがバレない方がいいって思ったから。

まだ、高嶺に近づく勇気がない。

「はやくよくなってね……」

祈《いの》るように小さな声でそうつぶやいて立ち上がった、そのとき。家の中から話し声が聞こえてきて、ビクーンッと心臓が跳《は》ねあがる。

その声は、だんだんとこちらへ近づいてきて。

だ、だれか出てくる……っ！

あわてて逃げるように走りだし、家の塀の裏に隠れる。と、次の瞬間。ガチャンと音を立てて家のドアが開いた。

そーっとのぞくと、家の中から出てくる女の人の後ろ姿が見えた。胸のあたりまである茶色の髪は、ふんわりとウェーブしていて、後ろ姿なのに美人だということがわかる。

「無理しないでね。連絡くれれば、すぐに看病しにくるから」

だれかに話しかけてるんだろう。なんて、話しかけてる相手は考えなくてもすぐにわかる。

「大丈夫だって。熱も下がって、明日には学校行けるだろうし。ほんと心配性だよね、ミオリは」

〝ミオリ〟。高嶺の声が、優しくその名を呼んだ。

高嶺とミオリさん。ふたりはどういう関係なのだろう。お姉さん？　それとも――。

ミオリさんに続いて出てきた高嶺は、スウェットにマスク姿で。

ミオリさんと数言やり取りをしていた高嶺は、ふいに玄関《げんかん》前にあるビニール袋を見つけたようで、不思議そうにそれを持ちあげた。

「あれ？　なにこれ。ミオリ、知ってる？」

「ううん、知らない。差しいれじゃないかな？　友達とか」

すると、ビニール袋の中身を見ていた高嶺がふっと顔をほころばせたのが、マスク越しでもわかった。

「隠してるんだろうけど、バレバレ」

「え？」

「俺に悪魔ののど飴なんて買ってくるやつ、ひとりしか知らないな」

ドクン、と心臓が揺れた。

高嶺が笑った……。

今、高嶺の心の中に、自分がいる。そう思うと、胸の中でしゅわしゅわと炭酸が弾けるような感覚を覚える。

と、そのとき。

「ねぇ」

高嶺に呼びかけるように、ミオリさんが声をあげた。

「ん？」

高嶺がのど飴から目を離し、ミオリさんに視線を移した瞬間。ミオリさんが高嶺のマスクを外し、その唇に自分の唇を重ねた。

「……っ」

目の前で繰《く》り広げられる光景に、あたしはしゃがみこんだまま目を見開き、思わず声を失う。

「どしたの、急に」

「見たことない笑顔してたから、つい」

ミオリさんが踵をおろしつつそんなことを言った。だけどそれは、あたしの耳には届かなかった。視界がぐわんぐわんと揺れている。

ミオリさんの正体は、一番嫌で、できるだけ考えないようにしていた選択肢そのものだった。

……ミオリさんは、高嶺の彼女なの……？

呼吸の仕方を忘れてしまったかのように、肺が苦しい。

胸が、痛い。

目の前の景色が、急速に色を失った。

「君、もしかして男が苦手？」

長すぎるため息を吐き出しながら、あたしはトボトボ校門をくぐり、校庭を歩いていた。

「はぁぁぁ～……」

告白する間もなく、失恋《しつれん》だなんて。

高嶺が告白をすべて断っていた原因もわかった。理由は簡単、彼女がいたからだ。

あのあと、あたしの横を通っていったミオリさん。あたしの存在に気づいていないことをいいことに、思いっきりガン見しちゃったけど、すっごく美人だった。たぶん、三、四歳くらい年上だろう。でも、小顔でお人形さんみたいに一つひとつのパーツが整っていて、ザ・守ってあげたい系女子だった。

〝高嶺の彼女〟であるべきって感じの人。美男美女でお似合い。あたしが入る隙なんて、端《はな》からなかったということだ。

「はぁ……」

もうひとつため息を吐き出しながら、下駄箱にローファーを入れ、上履きに履き替える。

教室行きたくない……。高嶺の顔見たら、胸が痛くなりそう……。

乃亜の笑顔を思い浮かべながら、なんとか自分の気持ちを奮い立たせ、重い足を引きずって廊下を歩いていた、そのときだった。ふいに腕をつかまれたかと思うと、抵抗する間もなく、だれもいない教室に引きずりこまれた。

え？　な、なに？

状況を理解できず、混乱しながらバッと顔を上げると、そこにいたのは。

「た、高嶺……」

あたしの腕をつかんでいたのは、一番会いたくなかった張本人で。

なんでよりによってこのタイミングで、あたしにかまうの？

高嶺の顔を見れず、ぎゅっと唇を噛みしめ、うつむいて顔をそらしていると。

「昨日の」

高嶺の声が降ってきた。

「昨日の差しいれ、つかさだろ」

思わぬ話題に、ギクッと体が凍りつく。やっぱりバレてたんだ……。

「来たの、全然気づかなかった。悪魔ののど飴とか、どこで見つけてきたんだよ。でもありがとな」

……高嶺の言い方に、よそよそしさというか、壁を感じる。

だって、いつものあたしに対する態度じゃない。プリンスの仮面がちらほら垣間見《かいま》える。

高嶺が、遠い。

「……あたしじゃないよ」

「は?」

「差しいれなんて、知らない」

なんでこんなに素直になれないんだろう。元気になってよかった。高嶺の姿を見て一番に思うことは、それなのに。

でも、今はこうすることで自分の心を守ることしかできなかった。これ以上高嶺に近づいて、高嶺のことをもっと好きになったら、取り返しがつかなくなっちゃう気がして。

好き、だけど、好きになりたくない。離れないでほしい、けど、もうかかわってほしくない。矛盾した気持ちが心の中でせめぎあって、ぐちゃぐちゃになる。

モヤモヤした気持ちが言葉になって、無意味に高嶺を傷つけようとしてる。

「なんでそんなうそつくんだよ。あれはつかさが――」

「とにかく、あたしは知らないからっ!」

高嶺の言葉をさえぎるように声を振りしぼると、腕を振りはらい教室を駆けでた。

「つかさっ」

あたしを呼び止めようとする高嶺の声も耳に留めないで。

……苦しいよ。どんどん高嶺のこと好きになっちゃう。今はもう高嶺の声にだって、キュンとして心が揺れるんだよ。

絶対叶うはずのない想いなのに、消すどころか、どんどん大きくなってしまう恋心。

恋が、こんなにつらいものだなんて知らなかった……。

行き場のない気持ちを振りはなすように、あたしは廊下を走り続けた。

高嶺は、追いかけてきてはくれなかった。


「高嶺くんに彼女さんかぁ……」

乃亜がぽつりとつぶやいた。その声が、秋空に溶けていく。

休み時間、中庭のベンチで、あたしは昨日起きたことを乃亜に話した。あたしが高嶺に対していだいている気持ちも。

「好きになってすぐ失恋だよ……」

視線を落として、大きなため息をつく。

「初恋だったんだけどな……」

「つかさちゃん……」

がくりと肩を落としていると、ふいに乃亜が大声をあげた。

「でもでも！　あきらめる必要はないと思うの！」

「え？」

「だって、好きって気持ちは、簡単には消えないよ。高嶺くんに彼女がいたとしても、高嶺くんを思う気持ちはつかさちゃんのものだもん！」

「……っ」

マシンガンのようにひと息で言ったところで、乃亜があわてふためいたように、両手をばたばたと動かす。

「だからね、なにが言いたいのかっていうとね、あのね、ええっとね……私は、つかさちゃんの味方だってことっ！」

「……っ」

思いがけない言葉に、あたしは思わず声をつまらせた。

今まで聞いたことないくらいの大声。あたしの気持ちを、負の方から必死に引っぱりあげようとしてくれているのが伝わってくる。

なんで乃亜が泣きそうになってんの。泣けてきちゃうのはこっちだよ。健気《けなげ》な乃亜がかわいすぎて。

胸がいっぱいでなにも言えずにいると、乃亜がうつむいた。

「うう、頼《たよ》りになれなくてごめんね……」

ううん、と首を横に振る。あたしが今、どれだけ元気をもらえたか。

「ありがとね、乃亜」

こういうとき、そばにいて話を聞いてくれる人がいるって、あたしは幸せだ。

――失恋決定。だけどやっぱりこの気持ちが消えるまでは、まだ好きでいさせて？

簡単に消せないほど、こんなにも大きくなっていたんだよ。高嶺を想う気持ち。


すべての授業が終わり、掃除の時間になった。

だけど結局、高嶺とはひと言も話せないまま。だってあまりに女子たちの鉄壁ガードが固すぎる。

でも明日こそは。明日こそは絶対、話してみせるんだから。そう固く決意しながら掃除場所である図書室に向かうと、同じく図書室担当になっているクラスメイトふたりはまだ来ていなかった。

時間ももったいないし、先に始めようと換気に向かったあたしは、一番奥の窓に歩み寄ったところで、なにかズシリとした物につまずいた。

「……いっ」

それと同時に足もとから聞こえてくる、押しこめたような鈍い声。

体勢を立て直して反射的に視線を落とせば、そこに男子が寝転がっていた。

想像もしなかった存在に、声をあげてあわてて飛びのくと、その人がゆっくり起きあがった。

「うわっ!」

「目覚め最悪なんだけど〜。せっかく静かに寝られるいい寝床見つけたと思ったのにー」

頭をかきながら、どこかのだれかが本棚《ほんだな》の陰に逃げたあたしに不満をぶつけてくる。

「す、すいません……!」

蹴っちゃったことは申し訳ないと思うけど、まさかそんなところに人が寝てるなんて思いもしないってば……!

本棚から顔だけのぞかせて謝ると、目が合って、彼がニヤッと笑った。

「お、なかなかかわいい子じゃん」

「は?」

「ねぇねぇ、名前、なんて言うの?」

さっきまでの不機嫌さはどこに行ったのか、好奇心に満ちた目で膝と手をつき、四つん這《ば》いになってこちらに寄ってくる。

ひぃ……！

「こ、来ないで……！」

「逃げられると、余計追いたくなる性分なんだよなぁ、これが」

やばい、この人本格的にやばい人だ。あたしの頭の中で、緊急警報が鳴る。

掃除担当のクラスメイトも来ないし、掃除時間に図書室に来る人なんていない。図書室に、この変人とふたりきり。まさに、絶体絶命。

「すみませんでした……！」

だからもう許してっ！

半ばやけくそのように謝って、図書室から走り去ろうとしたその手は、後ろから強い力でつかまれていた。

ドアの直前でむなしくも、体の動きが止まる。

「つーかまーえた」

耳もとで聞こえる弾んだ男の声に、ゾゾッと鳥肌が立つ。

そんなことはつゆ知らず、後ろからなれなれしく話しかけてくる声。

「なんで逃げんの？　いいじゃん、名前くらい教えてくれても」

喉が締《し》めつけられたように、声が出ない。恐怖心に心が支配される。

だめ、と思うのに、つかまれた手がひとりでに震えてしまう。

ふいに、頭の中にあいつが浮かんだ。いつだってピンチのときは駆けつけてくれて、何事もなかったかのようにいとも簡単にあたしを救ってしまう、そんなあいつが。

……助けて。助けて、高嶺……。

心の中でそう願ったとき。

「……ん？」

ふと、男の人がなにかを察知したような声をあげた。

「震えてる……。君、もしかして男苦手なの？」

「……っ」

図星を突かれてしまった。こんなにもあっさりと。

数秒押しだまっていたけれど、あたしは男の人に背を向けたまま、観念してうなずいた。そうすることでしか、この手を離してもらえる気がしなくて。

すると、あわてたようにぱっと手が離された。

「そっか、ごめんごめん。ちょっとかまいたくなっちゃって」

おもしろがっていたときとは打って変わって、あたしに謝るその声はおだやかな色を帯びている。

……あれ？　もしかして、ほんとは話がわかる人なの？

「じゃあさ、離れるからもう一回顔見せて？」

「え？」

「すっごい距離を取るから、顔見たい。いい？」

「……すっごい距離を取ってくれるなら」

「よし来た」

うれしそうにそう言って、遠ざかっていく足音。

「ここら辺なら大丈夫かなー？　こっち向いてごらん？」

かなり遠くから聞こえてきた声に、ためらいがちに振り返ると、太陽の光を背に受けて、男の人が笑っていた。

色素の薄い茶色い髪が、キラキラとオレンジ色に光っている。

直視してなかったからわからなかったけど、よくよく見れば、とてもかっこいい人だ。垂れ目の物腰やわらかそうな雰囲気と整った顔だちは、女子にすごくモテそうだという印象を受ける。

「はじめまして。俺、桜庭充樹《さくらばみつき》。高三。君の名前は？」

「日吉つかさ、高二です」

先輩《せんぱい》だったんだ、この人。たしかに、身にまとう雰囲気が、大人びているような気は薄々していた。

「つっちゃんは、どうしてこんな時間に図書室に来たの？」

つ、つっちゃん……?

いかにも前から呼んでたみたいに、あたりまえのようにあだ名で呼んでくる桜庭先輩。

あたしは桜庭先輩のペースに巻きこまれつつも答えた。

「ここ、掃除場所なので」

すると、桜庭先輩がきょとんと目を丸くする。

「あれ？　今日水曜だから、掃除なくない？」

「……あ」

指摘されて気づく。毎週水曜は、掃除がないんだった。

「はは、うっかりだなぁ」

「う……」

普段なら、こんなばかなことしないのに。高嶺のことばかり気にしてたせいだ、きっと。っていうか、絶対。

「じゃあ次の質問。つっちゃんは、どうして男が苦手になっちゃったの？」

「中学生の頃、あることがきっかけで……」

「俺のことは怖い？」

「まだ信用ならないです」

「はは、正直〜。でも俺、全然怖くないよ？　だってこんなとこで寝てるくらいだし」

おどける桜庭先輩に、あたしは思わず吹きだした。

「ふふ、たしかに」

変人、だろうけど、きっと悪い人じゃない。桜庭先輩の雰囲気は、丸いというかふんわりとしていて、居心地がいい。

くすくす笑っていると、桜庭先輩がなぜかあたしを見つめて押しだまっていることに気づいた。

「桜庭先輩？」

不思議に思って名前を呼ぶと、はっと我に返ったように桜庭先輩が笑う。

「ん？　ああ、ごめん。いやー、おそろしい破壊力だと思って」

「なにがですか？」

「んー。まぁ、わかりやすく言っちゃえば、俺が君のこと気にいっちゃったってこと」

「へ？」

話に脈絡《みゃくらく》がなさすぎて、ついていけない。ぽかんとしていると、桜庭先輩が口角を綺麗に上げて、なにかを企《たくら》んでいるように笑った。

「俺、実は、女子の扱い超慣れてるんだ」

「は、はぁ……」

また突然、話が見えない方向に飛んでいった。さっきからなにを言ってるんだろう、この人。

「姉さんが三人もいるからさぁ、そこら辺の男どもより断然女心がわかるわけよ。で、つまりはね、俺がつっちゃんの男苦手を治してあげようかなって」

思いがけない提案。

やっと話が見えたというのに、あたしはさらに戸惑った。

「え？ でも」

「まぁー、いきなりこんなこと言われても、なかなか信じられないよね。でも俺、信じてもらえるようにがんばるよ」

からかうためなんかじゃない。その目を見れば、ちゃんと本心で提案してくれてるってことがわかる。

でも、だからこそ、わからない。

「どうしてそこまで……？ あたしの男苦手なんて治したって、桜庭先輩にメリットなんてないのに」

「メリット？」

そう言って、桜庭先輩がふふ、と笑った。

「俺がつっちゃんのこと知りたいだけだから、いいんだよ」

「へ？」

「よし、決まり！　じゃあまずは俺のこと、下の名前で呼んでみて？」

あっという間に話が進んで、桜庭先輩の中では話はまとまったらしい。

ほんとにジェットコースターのような人だ。そしてあたしもそのジェットコースターに、しっかり同乗させられてる。

「ほらほら、呼んで？」

「えっと、充樹、先輩？」

「そうそう。じゃあ、俺の目見てて？　少しずつ近づいていくから、無理だって思ったら、目そらして？」

言われたとおり、目を見つめる。すると、充樹先輩が視線の高さを合わせながら、こちらへ歩いてくる。

「俺の目、直接見るんじゃなくて、最初は泣きぼくろ見るようにしたらいいよ。これ、俺のチャームポイント。セクシーじゃない？」

「ふふ、セクシーです」

ふと笑みがこぼれる。

「つっちゃんの笑顔、かーわいっ」

言いながら、ぐんと距離をつめる充樹先輩。気づけば、その距離は一メートルほどにまで縮まっていた。

「おっ、すごいじゃん！　こんなに近づけた！」

「ほんとだ……！」

あんなに怖かったのに、この距離に恐怖心がなくなっている。

自分の進歩に感動していると、充樹先輩がやわらかく微笑んだ。

「えらいね、ちゃんと自分でも克服《こくふく》しようとしてたってことだよ」

あたしはふるふると首を横に振る。だって、それは違う。

「充樹先輩だからです、きっと」

ズカズカとではなく、ちゃんと心を見つめながら入ってきてくれる。だからあたしも、怖くなかった。

すると、充樹先輩が額を押さえた。

「はー、だからそれ反則」

そして、手の影からあたしを見つめる。見たことないほど、真剣《しんけん》な瞳で。

「……いつかきっと君にふれてみせるから」

え……？

充樹先輩の言葉を最後に、水を打ったようにしんと静まりかえる図書室。

そのとき、窓の外から声が聞こえてくることに気づいた。反射的に時計を見れば、下校開始時刻から十分近く過ぎていて。

まずい！　掃除がなかった分、乃亜のこと待たせてる！

「すみません！　大事な大事な友達が待ってるので、そろそろ戻ります！」

「うん、またね、つっちゃん」

駆けだしたあたしの背中に放たれる、充樹先輩の声。

またね、か。なんとなくいい響きだと思った。

あたしは振り返って、笑顔を向けた。

「はい！　また」

高嶺にも、こんなふうに自然に、また明日って言えるようになりたい。

「あんまりこいつに近づかないでもらえますか」


翌日の放課後。

茶道部の乃亜が部活に行ってしまい、帰宅部のあたしは、ほかのクラスメイトの女子と談笑していた。明日も会えるというのに、家に帰るのがもったいなくて、今日話しきれていないことを探すように話に花を咲《さ》かせる。すると。

「日吉ちゃーん」

廊下の方から、あたしの名を呼ぶ宙くんの声が聞こえてきた。

「はーい？」

返事をしつつそちらに顔を向ければ、ドアから顔だけのぞかせるようにして、宙くんがおいでおいでと手を振っている。

「呼ばれてる！　日吉ちゃん！」

「え？　あたし？」

自分を指さして、思わずぽかんとすると、宙くんがうんうんとうなずいた。

宙くんの言い方から察するに、違うクラスの人だろう。ほかのクラスにほとんどと言っていいほど知り合いがいないあたしは、首をひねりながら、廊下に向かう。

呼び出しなんて、一体なんの用だろうか。

見当がつかないまま廊下に出たあたしは、その人の正体がわかった瞬間、思わず顔をほころばせた。

「充樹先輩！」

「つっちゃん、昨日ぶりだね」

あたしを呼び出した人――それは充樹先輩だった。

ひらひらと手を振る充樹先輩に駆けよる。

「どうしてここに？」

「つっちゃんに会いたかったからだよ」

さらりと、ドキッとするようなことを言う。

口がうまいなぁ、充樹先輩は。やっぱり、女子の扱い慣れてる。お姉さん三人もいるって言ってたし。

「いやぁ、それにしても、昨日クラスまで聞いておけばよかったよ～。つっちゃん、どこにもいないからさぁ」

「あっ、たしかに！　クラスまでは言ってなかったかも……」

「でもよかった。つっちゃんの俺への恐怖心が、リセットされてないみたいで」

充樹先輩の言うとおりだった。こうやって一対一で話していても、恐怖心はわいてこない。

「充樹先輩はもう大丈夫みたい」

「めちゃくちゃうれしいね、それ」

にこっと笑う充樹先輩。まるで春風が吹いたみたいな、綺麗な笑顔。完成された笑みは、色気もあるし大人っぽい。

あたしもついつられて、笑顔になってしまう。

そのときふと、そばを歩いていく女子たちが、充樹先輩の方を振り返っていることに気づいた。

「充樹先輩」

「ん？」

「充樹先輩って、モテるんですね」

正直、出会ったときの変人という印象が強すぎて、モテるっていうイメージがなかった。でもたしかに、顔はかっこいいもんな、この人。

すると、充樹先輩がなにかを企んでいるようにニヤニヤしてあたしの顔をのぞきこんできた。

「つっちゃん、ヤキモチ妬《や》いちゃう？」

思いがけない問いかけに、あたしは驚いて目を見開いた。

「は、はっ？　どうしてそうなるんですか！」

「え～？　妬かないの？」

「妬きませんよ。好きな人……いるし」

「……え？　好きな人？　それってだれ？」

さっきまであれだけふざけていたのに、充樹先輩の瞳に突然そらせないほど真剣な色が宿った。そして、上体を倒して顔を近づけてくる。

「ねぇ、すごい気になるんだけど。先輩に、教えてくんない？」

見たことないほど真剣な瞳に、ドキドキと心臓がうるさくなって。

「……っ」

動けない。それなのに充樹先輩は、容赦なく近づいてくる。

思わず息をのんだ、そのとき。

「こいつになんか用すか」

空気を破るようにして聞こえてきた声とともに、あたしの右手首が突然、横から引き寄せられるように握られた。

その人の姿を目にしたとたん、思わず息をのむ。

「……高、嶺っ」

あたしの手首をつかんだのは、高嶺だった。

高嶺はあたしには一瞬も視線を向けず、まっすぐ充樹先輩だけを見すえる。

「こいつに用なら俺が聞くんで、あんまり近づかないでもらえますか？」

高嶺らしくない、荒々しさをはらんだ声。

すると、あっけにとられたように高嶺を見つめていた充樹先輩が、上体を起こし眼光を鋭くした。

「君は？　つっちゃんのなに？」

「なんであんたに言わなきゃいけねぇんだよ」

なぜか一触即発《いっしょくそくはつ》の雰囲気。

というか、まずい。高嶺《たかね》のプリンスの仮面が完全に剥《は》がれている。

あたしが男嫌いだから、からまれてると思って助けてくれたのだろう。でもそれは誤解だ。

放課後になったばかりで、廊下や教室にはまだ生徒がいるのに、こんなことで高嶺の本性がまわりにバレてしまったら……。

あたしはあわてて高嶺を止める。

「違うの、高嶺。この人は、充樹先輩は、あたしの男嫌い知ってるの」

「は？」

「あたしの男嫌い治そうとしてくれてるんだよ。だから大丈夫なの」

高嶺が驚いたように、弁明するあたしを見つめる。

やがて不満そうに目を伏せると。

「そうかよ」

そうつぶやいて、あたしの手首をつかんでいた手をほどいた。

「高嶺……？」

と、そのとき。どこからか、スマホの振動音が聞こえてきた。発信源は——高嶺だった。

ズボンのポケットから高嶺がスマホを取りだす。その瞬間、はっきりと見えてしまった。ディスプレイに表示される、【美織《みおり》】の文字が。

高嶺はスマホに視線を落とし、その文字を確認すると、あたしに目を向けないまま口を開いた。

「勘違いして悪かった。じゃあな」

そう言って、踵を返して歩いていってしまう。

高嶺の手がスマホにふれる。美織さんからの電話に、出てしまう——。

「待って……！」

思わず呼び止めようとした。

けれど、それは叶わなかった。後ろから手を握られていたから。

振り返れば、充樹先輩の必死な顔がそこにあった。

「行かないでよ、つっちゃん」

見たことないほど、切なさに染まった充樹先輩の表情。

「充樹先輩……？」

「俺が先に話してたんだよ」

なんでそんなに悲しそうな顔するの……？

ちらっと肩越しに振り返れば、高嶺の姿はもうなかった。

「つっちゃんが好きなやつって、あいつだよね」

つないだ手を握る力をぎゅっと強め、充樹先輩が静かにそう言った。

質問ではなく、もう断定形。バレちゃったからには、うそをつく理由はない。

「……はい」

「高嶺くん、か」

「知ってるんですか？」

「そりゃ、入学してきたときから有名だしね。お姉様たちがキャーキャー言ってすごかったんだから」

そこまで言って、充樹先輩が額を押さえた。なぜか重いため息つきで。

「はぁ～、分が悪すぎ。でもあきらめないよ、俺」

充樹先輩の言葉の意味がわからずに首をかしげると、先輩が額から手を離してにこっと笑った。先輩の顔に落ちていた影が晴れる。

「俺が手握っても大丈夫だしね」

「……あっ、ほんとだ」

手もとに視線を落とせば、あたしの左手は、充樹先輩の手の中にすっぽりと収まっていて。

充樹先輩は挑戦的に口角を上げて笑うと、上目づかいでささやいた。

「この調子でどんどん俺に心許してね。俺、攻《せ》めるから」

「ごめんねが多いね」

自室で勉強をしていると、突然机の上でスマホが鈍い音を立てて揺れた。

ディスプレイを見れば、美織からの着信で。

俺はシャーペンを置き、勉強用の眼鏡を外しながら電話に出た。

「もしもし？　美織？」

『……もしもし』

スマホの向こうから聞こえてくる、今にも消えてしまいそうな力ないくぐもった声。

即座に、なにかあったに違いないと察する。

「どした？　なんかあった？」

落ち着かせるようにおだやかな口調でたずねると、泣きそうな声が返ってきた。

『会いたい』

「え？」

『あなたがいなくなっちゃう怖い夢を見て……』

「美織……」

いなくなる夢、か……。

俺は時計に目を向けた。もうすぐ０時。

「家にいるの？」

『……うん』

「わかった。今行くから、美織は家ん中で待ってて」

俺は通話を切ると、コートを手に取り、急いで家を出た。


俺の家から美織の家までは、徒歩二十分程度。

走って美織の家まで行くと、美織は家の門の前に立って待っていた。

「美織」

俺の声に気づくなり、うつむき立っていた美織が、顔を上げてこちらに駆けてくる。

そして駆けてきた勢いそのままに、思いきり抱きついてきた。

電話をしてすぐ家を出たのだろう。外で待っていた美織の体はすっかり冷えきっていた。

「家で待ってなって言ったのに」

「ごめん。でも来てくれてありがとう……」

すがりつくように抱きついてくる美織の背中に手を回し、ポンポンとあやすようにその背中をたたく。

「俺がいるから、もう大丈夫だよ」

「うん……」

三歳年上なのに、俺よりもっと小さな子どもみたいで。

少し経って美織が体をそっと離した。

「ごめんね、こんな時間に呼び出して」

「いーよ。ちょうど暇してたから。それに言ったでしょ？　美織になにかあったら、飛んでいくって」

「ありがとう」

俺を見上げて力なく微笑んだ美織の目には、今にもあふれそうなほどに涙がたまっていた。

すがるようなその眼差しに、胸が、痛んだ。


住宅街だったこともあり、それから俺たちは近くの公園に移動した。

「はい。美織はココアでよかったよね」

「ありがとう」

自販機で買ってきたココアをベンチに座っている美織に渡し、俺はコーヒーの缶を開けた。とたんに、ほろ苦い香りが湯気とともに立ちこめる。

少し遅れるようにして、美織が控えめに缶を開ける音が聞こえてきた。

「落ち着いた？」

「うん」

ココアの缶を握りしめ、美織がうなずく。

俺は、美織を見おろすようにして静かにたずねた。

「そういう夢、よく見るの？」

「うん、時々。朝起きたらあなたがどこにもいなくて。私は夢の中で必死にあなたを探すの……」

「そっか」

俺は少し上体を倒し、美織と目線の高さを合わせる。

「大丈夫だよ、美織。俺は――」

言いかけたそのとき、コートのポケットの中でスマホが鳴った。

なにげなくスマホを取り出し、ディスプレイに表示された文字を確認した俺は、思わずスマホに釘づけになる。

【日吉つかさ：今日は助けようとしてくれてありがとね。すっごくうれしかった】

それは、つかさからのメッセージだった。

「なにかあった？」

突然耳に届いた声に、俺ははっと我に返る。スマホに気を取られていた俺の意識が、再び美織に向けられる。

「え？」

「なんだか、元気ないように見えるから」

核心をつく美織の言葉に、俺は微かに目を見開いて押しだまる。

「…………」

それは、勘違いだ。勘違いじゃなきゃいけないんだよ、美織。

俺はスマホをしまうと、笑顔をつくって美織に向けた。

「なんにもないよ」

美織の目を見ていられなくて、俺は飲み終わったコーヒーの缶を捨てにいこうとする。

だけど、後ろから手をつかまれ、その反動で俺の足は止まっていた。

振り返ると、美織が眉をハの字にして必死な表情で俺を見上げていた。すがるようなその瞳に、俺は逆らえない。

「来週の日曜、一緒にデートしたい」

「え？」

美織からこうして提案してくることは、めずらしかった。

「いい……？」

「うん、しよ、デート。美織が行きたいとこ、行こう」

笑顔で答えると、美織がうつむく。

「ごめんね。ありがとう……」

「全然いーよ。今日はごめんねが多いね、美織」

俺はそっと微笑んだ。ごめんを言わなくちゃいけないのは、俺の方なのに。


それから美織を家まで送り届け、俺は家路を歩く。

美織と別れたあとは、決まって言いようのない虚無感《きょむかん》に襲われる。

力なく吐いた息が、白い靄《もや》となって空をただよう。

ポケットに手を突っこみ、いろんな思いを押しこめるようにして再び歩きだした、そのとき。俺は向こうから走ってくる人の姿を認めて、思わず足を止めた。

「宙」

俺の存在に気づいた宙が、驚いたように足を止めてイヤホンを耳から外す。

「わ！　高嶺じゃん！」

「こんな時間になにやってるんだよ」

「ランニングランニング！　急に体動かしたくなっちゃってさー！　高嶺こそ、こんな時間にひとりでなにやってんの？」

「美織んとこ行ってきた」

俺の答えに、へらへら笑っていた宙の顔が一瞬にしてくもる。

「美織さん……。こんな時間に呼び出されたの？」

「………」

黙っていると、宙がすねたように目を伏せた。

「……日吉ちゃん、桜庭先輩と仲よさそうだったね」

なんで今、つかさの話が出てくるんだよ。そう言いかけて、つと口をつぐむ。

桜庭先輩のことは知っていた。女子がよく騒いでいたから。

どういう経緯で、そんな桜庭先輩とつかさが仲よくなったのかはわからない。だけど、学校で話すふたりは親密そうに見えた。

「そうだな」

「高嶺は、これでいいのっ？」

突然、宙が声を張りあげた。静まりかえった夜道に、悲痛な宙の声が響きわたる。

「なにがだよ」

「日吉ちゃんだよ。高嶺と日吉ちゃん、いい感じだったじゃん！　俺だって応援してたのに……」

言いながら、くやしそうに宙がこぶしを握りしめる。

「ねぇ、いいの？　あの先輩に日吉ちゃん取られちゃっても――」

「いいわけねぇだろ！」

張りあげた声に、宙が驚いたように押しだまった。

俺もこんな大声が出るとは思ってなかった。感情的になった頭を冷やすようにひとつ息を吐いて、うつむく。

「……でも、どうにもできないんだよ」

夏祭りの日、思わずあいつを抱きしめた。

あのとき、自覚してしまった。自分の気持ちを。だから距離を置いた。どうにもならなくなる前に。

俺には、美織がいる。美織を見捨てることは、できない。許されない。

美織をああしてしまったのは、俺だから。

「高嶺は、いつまでこうしてるんだよ」

いつまで、か。そんなの、俺にだってわかんねぇよ。

「贖罪《しょくざい》は、どこまでいったら終わるんだろうな」

「高嶺……」

――あの日。俺は美織から大切なものを奪った。

その罪は、たぶん一生消えない。

chapter 3

「お前は知らなくていい」

「行ってきまーすっ！」

かっさらうようにつかんだスクールバッグを肩にかけ、前のめりに転びそうになりながらローファーを履く。そして弾丸のごとく家を飛びでた。

まずい、まずい。ひっじょーにまずい！　思いっきり寝坊してしまった。

腕時計を確認しながら、必死に走る。

寝坊の原因は、ほかでもない、高嶺だ。

昨夜、あたしは勇気を振りしぼって高嶺にメッセージを送った。【助けてくれてありがとう】なんて、あたしにとってはこれ以上にないほど素直な文面で。

それなのに、高嶺ときたら既読無視。かちーんときてスタンプを連続で送ってやったら、返ってきたのはう◯ちのスタンプひとつ。

ばかにしてない⁉　ばかにしすぎじゃない⁉　乙女の気持ちを踏みにじりやがってーっ！

あの〝高嶺《たかね》のプリンス〟が、小学生男子が好きそうなう◯ちのスタンプを使ってるなんて、だれが思うだろうか。いや、だれも思うまい。

とかいいつつ、そのスタンプをしっかりダウンロードして、同じスタンプ持ってることにうれしさ感じちゃってるんだから、あたしもだいぶ重症《じゅうしょう》なんだけど。

そうこうしてるうちに、時計は深夜三時を回っていた。結果、盛大に寝坊し、いつもの時間よりも三十分も遅く家を出ることになってしまった。時間にシビアな性格からしてみたら、あってはならない失態だ。

だけど、さすがはあたし。家を出たときは間に合わないと思ったけど、校門が閉まるまであと五分というところでなんとかすべりこんだ。実は、小学校の頃からリレーの選抜に選ばれていたりして、走ることにはちょっとだけ自信があったりする。

「ふぅ」

小さく息をついて、スクールバッグを背負い直しながら校門を歩く。

あせったけど、間に合ってよかった。無遅刻無欠席記録はなんとか死守できたし。

それにしても……あんな時間に返信してくるなんて、高嶺はなにしてたんだろう。

下駄箱にローファーをしまいながら、ふと疑問に思って首をひねったとき。

「あ！　つっちゃーん！」

どこからともなく呼ばれて、声がした方を振り向けば、充樹先輩が手を振りながらこちらに向かって駆けてきた。

「充樹先輩！　おはようございます」

「おはよ。ギリギリ間に合った～！」

「充樹先輩も寝坊ですか？」

「うん。友達とダーツ勝負してたら、白熱しちゃってね」

「ダーツとか、なんておしゃれな……」

充樹先輩の口から飛び出した大人な世界に圧倒《あっとう》されていると、なぜかうれしそうに顔をのぞきこまれた。段の上に乗っているあたしの方が数センチ背が高く、自然と充樹先輩が上目づかいになる。

「めずらしいね～、ポニーテール」

「髪をセットしてる時間がなくて」

胸下まで伸びたストレートの髪は、普段はおろしてるけど、今日は櫛《くし》でとかす時間がなく、まとめてしまった。

「やっぱり変、かな」

あははと頭をかいて笑うと、充樹先輩が微笑んだ。

「ううん、超かわいい、それ」

「えっ」

予想外の反応に、思わずたじろぐ。かわいいなんて、言われ慣れてなさすぎる言葉だ。

「ポニーテール、めっちゃ好きなんだ」

「へー！　初耳」

「つっちゃん。ポニーテールにはねぇ、男のロマンがつまってるんだよ」

「は、はは……」

思わずわかりやすい苦笑いをしてしまう。うん、そういえばこの人変人だった。

すると、充樹先輩がいつもより熱を帯びた目であたしを見上げた。

「髪、触っていい？」

「えっ」

「ま、いいって言われる前に触るけど」

首の横をするりと通りぬけ、充樹先輩の手があたしの髪にふれる。

そして手慣れた動きで髪を手に取り、端正な顔を寄せたかと思うと、そこに軽く口づけをした。

一連の動きがあまりにも自然で、一瞬反応が遅れる。

理解が追いついたとたん、発火したかのようにボッと体に熱が走った。

「……なっ」

い、今、髪に……っ。

「髪にだったら、いいでしょ？」

髪に口を寄せたまま、充樹先輩が色っぽい上目づかいでこちらを見てくる。

「だ、だめっ」

場所が問題じゃなくて、充樹先輩の行動が問題なんですけど……！　この人、あたしが男嫌いだってこと忘れてないっ？

すると、わざとふてくされたように頬を膨らませる充樹先輩。

「ちぇー」

充樹先輩のいつもどおりの振る舞いに、暴れていた心臓が徐々に落ち着きを取り戻していく。充樹先輩って、時々どうしようもなくドキドキさせてくるから、油断ならなすぎる。

「朝っぱらからなにしてるんですかっ。充樹先輩とはいえ、男の人にあんなことされると困るんですけど！」

それに、今はまわりに人がいないからいいものの、こんなとこ見られたら、どんな誤解をされるか。想像しただけでもおそろしい。

「だってさー、つっちゃんの髪が綺麗なのが悪いんだよ。ふれたくなるじゃん」

「なんであたしのせいになってるんですか」

責任転嫁《せきにんてんか》にもほどがある。責めるようにジト目でにらむあたしに、てへ、と頭をかきながら舌を出す充樹先輩。

「ごめんごめん。ちょっと調子乗りすぎました」

「ほんとですよ」

腕を組みしかめっ面をしていると、充樹先輩がふと瞳に真剣な光を灯した。そしておだやかな微笑を口に乗せる。

「でもさ、ポニーテールが似合ってるっていうのは、本気。だからさ、これからもしてよ。つっちゃんのポニーテール、見たい」

「……っ」

……我ながら単純だとはわかってますとも。だけど、ほめられることなんてめったにないから、ついね。

充樹先輩にのせられたあたしは、翌日もポニーテールで登校した。

昼になり、購買《こうばい》に向かうためふたりで廊下に出ると、乃亜がほめてくれた。

「つかさちゃんのポニーテール、かわいいよね！　昨日もずっと思ってたんだけどね、つかさちゃんに似合ってて、すっごくいいと思うっ」

胸の前でこぶしを握って、そう言ってくれる乃亜。

「乃亜……」

いやいや、乃亜さん。かわいいなんて、神様が乃亜さんのためにつくった言葉じゃないですか。今日も相変わらず、アラブ王になってガンガン貢いであげたいくらいかわいいんですけど。

乃亜のかわいさを心の内で力説していたそのとき、ふいにどこかから高嶺の笑い声が聞こえてきた。

反射的にそちらに顔を向ければ、中庭をはさんだ反対側の棟の廊下を、数人の男子が歩いていた。もちろん、その男子の輪の中には高嶺がいて。

開けはなたれた窓から、風が運んでくるように、高嶺の笑い声がこちらにまで届く。

どれだけ離れていたって、高嶺の声だけはわかってしまう。まるで、その声にだけ色がついてるみたいに。

楽しそうにまわりの男子と話している高嶺に、思わず釘づけになってしまう。

男子や宙くんと談笑していると、高嶺は年相応になる。プリンスの仮面はかぶったままだけど、なんかこう、枷《かせ》が外れるみたいに。

「高嶺くん、楽しそうだね」

心の声がそっくりそのまま聞こえてきて、あたしははっとする。隣を見れば、乃亜も高嶺の方へ顔を向けていて。

あたしは再び高嶺の方へ視線を向けた。

……ほんと、楽しそう。あたしにだって、ああいう笑顔を向けてくれたことはあった。でも今はあたしたちの間にできてしまった見えない壁のせいで、そんなこと想像できない。


「あたしが男子だったら、あんな笑顔向けてくれたのかな」

「つかさちゃん……」

思わず本音がこぼれた、そのとき。

「いやいや、井沢《いざわ》先生、すごい量の資料ですなぁ」

「そうなんですよ〜」

ふいに数メートル先で、ぽっちゃりとした教頭先生と、担任の井沢先生が話しているのを見つけた。

井沢先生は、教頭先生が指摘するとおり、すごい厚さの書類を持っている。

「これ全部確認印を押すんでしょう?」

「ええ。確認はすんだので印を押すだけなんですが、これから出張で……。あ、でも大丈夫です。高嶺に手伝いを頼もうと思ってるので」

「ああ、高嶺ですか」

「高嶺、仕事もはやいし完璧だし、頼んでも嫌な顔しないで引き受けてくれるんですよ。ほんと、高嶺に頼むと便利っていうか楽なんですよねー」

「ははは、よく働いてくれるなぁ、高嶺は」

なに、それ。まるで使い勝手のいい道具のような言い方だ。

耳を疑う内容に、先生たちの声が徐々に遠くなっていくような感覚におちいる。あたしの心が受けいれ拒否《きょひ》しているみたいに。

……なんか、ムカつく。

突発的にそう思った次の瞬間には、考えるよりも先に足がリノリウムの床を蹴っていた。

「つかさちゃん……！」

乃亜の声が背中にぶつかったと同時に、あたしは声を張りあげた。

「あのっ」

駆けよってきたあたしの方を、ふたりの先生が振り返る。

「お、日吉じゃないか」

驚いたようにあたしを見つめる井沢先生。

あたしは間髪入れず、はっきり言い切った。

「その仕事、あたしがやります」

「え？　でも、これは」

「あたし、時間あるので」

井沢先生は初めはためらっている様子だったけれど、ゆずるまいと頑として見すえていると、折れたように眉を下げた。

「本当か……？　じゃあ、お願いしてもいいかな」

「はい」

書類と印鑑を受け取ると、ずしっと手に重さがのしかかる。これを高嶺に頼もうとしてたのか……。今回だけじゃなくて、もうきっと何度も。

あたしは井沢先生を見上げた。

「先生」

「ん？」

「たまには、あたしも頼ってください。高嶺はたしかに仕事そつなくこなしますけど、先生みたいにあてにしてる人多くて、忙しいんで」

「お、おう」

井沢先生の目が虚をつかれたように見開かれる。

……自己満足だっていい。高嶺のために動けることがあるなら、動きたい。高嶺みたいに超人じゃないから、あたしにできることなんてたかが知れてるけど。高嶺より、クオリティーはだいぶどころかそうとう下がるけど。

でもなんだか高嶺の笑顔を見たら、あの笑顔の邪魔をさせたくないって思ってしまった。

ほんの一ミリでも高嶺の力になれるなら、たぶんそれがあたしの幸せだから。

「……それじゃあ悪いが頼んだぞ、日吉。終わったら、職員室の机の上に置いておいてくれればいいから」

「わかりました」

気まずいのか、井沢先生はぎこちなく目をそらしながら、教頭先生とともに職員室へ歩いていく。

よし、言ってやったわ。

ざまあみろと井沢先生の後ろ姿を見送っていると、乃亜が駆けよってきた。

「つかさちゃん、私も手伝うよ……！」

あたしは書類を両手で抱《かか》えながら振り返った。

「今日は、茶道部の集まりがある日でしょ？　あたしのことなら大丈夫。乃亜のその気持ちだけで、十分だから」

「つかさちゃん……」

茶道部の集まりがあるにもかかわらず、手伝うと言ってくれた乃亜の優しさが心にしみる。

「うう、ごめんね、力になれなくて。でも応援してる……っ」

「乃亜〜っ」

泣きそうになりながらファイトポーズを作る乃亜を抱きしめようとしたのに、書類が邪魔でできなかった。


「よし、やるぞ！」

せまい資料室に、あたしの気合いを入れた声が響く。

残された昼休みは、二十分ほど。その間で、なんとかしてこの高く積まれた書類に印鑑を押し終えなければ。

こういう作業って実はすごく苦手だったりするけど、そんなこと言ってられない。半ば啖呵《たんか》切っちゃったようなもんだし、井沢先生にあたしだって頼りになるってわかってもらわないと。そうしないと、高嶺への負担が増えるばっかりだ。

パイプ椅子に座り、腕まくりをして印鑑を押し始めた、そのとき。ガラガラッと音をたてて、資料室のドアが開いた。

うわ、まずい。先生に使用許可もらったのに、だれか来ちゃった。

「あ、すいません。今、ここ使って……」

言いながらドアの方に顔を向けたあたしは、思わず声を失った。だって。

「お、ぐーぜーん」

開けはなたれたドアに手をかけ、高嶺が立っていたのだから。

「た、高嶺……っ？　なんでここに……」

　さっき、向かい側の棟で男子たちと話してたよね……？

　混乱するあたしに対して、高嶺はいつものクールな様子で答えた。

「ひとりになれる場所探してたのに、まさか先約がいるとはな」

「え？」

　状況をまったくもって処理しきれていないあたし。

　だけど高嶺は、そんなことなんておかまいなしで、我が物顔でずかずかと資料室に入ってくると、長机をはさんで向かい側のパイプ椅子に座った。そして頬杖をついて、あたしをまっすぐに見すえる。

「で？　お前はなにしてんの？」

「な、なにって」

「あー、印鑑押しね」

　あたしに聞いてきたくせに、答えを待たず、パラパラと資料を手に取って高嶺がけだるげにつぶやく。かと思うと、唐突《とうとつ》に片手をこちらに差し出してきた。

「ん」

「え？」

「印鑑ひとつ貸して。俺もやるから」

予想外の展開に、あたしは目を丸くする。

「でもっ」

「ふたりでやれば、はやく片づくじゃん」

「高嶺……」

高嶺の手をわずらわせたくない、そう思っていたけど。高嶺にまっすぐ見つめられこう言われては、拒否できるはずがなかった。

数秒ためらって、あたしは印鑑を高嶺に渡す。

「あり、がと」

「全然」

高嶺が印鑑を押しだした。伏せたまつ毛が、目の下に影をつくる。

高嶺が目の前にいる、それだけで胸がいっぱいになってしまう。手を伸ばせば届くほど、すぐそこにいる。

だれもいない場所で、こうして一対一で話すのは、いつぶりだろうか。

窓から差しこむ光が照らしだす高嶺の顔は、やっぱりとても綺麗で。それがひどくあたしの心を感傷的にさせた。

「……高嶺」

「なに？」

「いつもこんなふうに先生に仕事頼まれるの？」

一瞬手の動きをゆるめ、でもすぐに仕事を再開した高嶺は、視線を書類に落としたまま答える。

「ん、まぁ」

なんでそこまでがんばるの？　そう言いかけて、思わず口をつぐんだ。

そういえば、あたしは高嶺がどうして仮面をかぶって優等生を演じているのか知らない。

高嶺の前には、明確に一本の線が引かれている。あたしはそれをまたげない。だから知らないんだ。高嶺のこと、全然――。

「つかさ」

ふいに、あたしの名を呼ぶ高嶺の声によって、意識が引き戻された。

「う、うん？」

「これ終わったから、そっちの棚移してくんね？」

「えっ、はやっ！」

気づけば、高嶺の前には書類が高々と積み重ねられていた。あたしがぼーっと手を止めている間に、この作業量。残りはもう少し。

さすが、スピードが違うな……。

あっけにとられながらも腰を上げ、壁際の棚に書類を移動する。

「高嶺ってほんと手際いいよね。料理とかもうまそう」

「や、料理はたまにしか作んねぇかも。だいたい作ってもらうし」

「……っ」

あたしの手が、足が、思わず止まる。

きっと、高嶺にとってはなにげない言葉。だけど、あたしの胸には深く突き刺さってしまって、受け流すことができなかった。

……それって、お母さんの？　それとも――。

「美織、さん……？」

こぼれるようにつぶやいたその言葉に、高嶺がバッと顔を上げたのが、背中を向けていてもわかった。

「なんでお前があの人のこと知って……」

ここまできたら、引き返せなかった。意図する前に、口が勝手に動く。

「前、見かけたの。高嶺がその人と一緒にいるとこ」

動悸《どうき》がうるさい。

これ以上突っこんだら、もう戻れない。引き返すなら、今のうち――。

頭では全部わかってる。だけど、勢いに任せて続けていた。

「彼女さん、なの？」

……背を向けていたから、気づかなかった。高嶺がすぐそこまで来ていたことに。

――バンッ。

顔のすぐ横で聞こえた打撃音に、あたしは反射的に振り返った。その目が、眼前の光景を映したとたん、一瞬にして見開かれる。

だって、高嶺が壁に手をついて、あたしを壁との間に閉じこめていたのだから。

もう、すぐ近くに高嶺の顔がある。だけど、長めの前髪の陰になって、高嶺の目は見えない。

「高、嶺……」

「つかさは知らなくていい」

「……え？」

「お前には言いたくない」

「……っ」

完全な拒絶だった。有無を言わせない、冷たくてかたい声。

なにか言い返そうにも、喉が締めつけられているみたいに声が出ない。

ねぇ、高嶺。今、どんな目をしてるの……？

手が離れ、あたしを覆いかぶさっていた影がなくなり、光が差しこんだ。

なにも言葉が見つからないでいると、高嶺がこちらに背を向け、パイプ椅子に腰をおろしながらつぶやく。

「もう終わるし、教室戻っていいから」

高嶺のその言葉が、一緒にいたくない、そういう意味だとさとり、あたしはぐっとうつむいてこぶしを握りしめた。

……くやしい悲しい。なんでこんなにうまくいかないんだろう。高嶺の役に立ちたかっただけなのに。

また、突きつけられてしまった。明確な、心の壁の存在を。

……でもだめだ。こんなことでめげちゃ。自分の弱い心には負けないんだから。

「ごめん。じゃあお言葉に甘えて、先戻るねっ」

声を明るく持ちあげて、だけど高嶺の方を向けないまま資料室を立ち去ろうとした、そのとき。

くいっと後ろからポニーテールの毛先をつかまれ、あたしの足が止まった。

「な、なによーっ！」

せっかく人ががんばってテンション高いまま帰ろうとしてるのに、この状況で引きとめないでよ……！

髪を押さえながら半ばヤケクソで振り返ると、パイプ椅子に座った高嶺が、あたしの髪をつかんだまま、無表情を崩さず口を開いた。

「この髪、なんだよ」

「はぁっ？」

なんだよってどういうことよ！　今、髪に文句つける必要あるっ？

訳がわからず半泣きで怒りをぶつけそうになると、それより先に、高嶺がさっきのトーンで続けた。

「あいつに、これがいいって言われでもしたのかよ」

「え？」

あいつって……。

思わず目を見開いた次の瞬間、高嶺があたしの髪をつかんで引きよせた。

とたんに、高嶺の甘い香りが鼻をくすぐるほどに、顔と顔との距離が縮まる。

そして高嶺は至近距離からあたしを見上げたまま、憮然として言いはなった。

「お前は変な小細工してない方がいいんだよ、ばーか」

「……っ」

もう、意味わかんない……。なに、なに、なに。なんで、こんな心拍数《しんぱくすう》上がってんの……。

「……高嶺の方がばかっ！」

顔が急速に熱を帯びるのを感じて、あたしは逃げるように資料室を駆けでた。

「はぁ、はぁっ」

先生に見つかったらまちがいなく叱責《しっせき》を受けるほど、全力で廊下を駆ける。

そして廊下の突きあたりの階段裏まで来たとたん、シュ—ッと空気が抜けていくように膝から崩れ落ちた。

心臓の音が、体全体を震わせてしまうほどにうるさい。

胸の前で、ぎゅっと手を握りしめる。

一度にいろんなことが起こりすぎて、あたしの頭と心じゃ処理しきれない。気持ちが下げられて上げられて、こんなの荒すぎる。

……なに、さっきの……。

そのとき、ブレザーのポケットの中でスマホが振動した。まだぼ—っとしている頭で開いてみると、届いたのは迷惑メール。

なんだ、迷惑メールか……と思いながらスマホをまたしまおうとしたとき、一通のメッセージが二十分ほど前に届いていたことに気づいた。乃亜からだ。

乃亜からのメッセージは、どんな状況においても見つけた瞬間開くという特性を持つあたしは、メッセージを開き、文面に視線を走らせた。

【つかさちゃんつかさちゃん！　さっきね、高嶺くんとすれちがったよ！　つかさ

ちゃんが行った方に向かって、走ってったの！　高嶺くん、つかさちゃんのこと見てたんだね】

「……え？」

うっかり、スマホを落としそうになった。

高嶺が、あたしのこと、見て、た……？　あたしが見てたように、高嶺もあたしを？

男子と話してたのに、それを切りあげて来てくれたの？　あのとき、あたしを見つけて走ってきてくれたの？　あたしの仕事を手伝うために――。

押しよせてくる考えを抑えこむように、あたしは抱えた膝に顔をうずめた。

……だめ。こんな都合いい解釈しちゃだめだ。

そう思うのに、なんでこんなにうれしくて泣きそうになってるんだろう。もう、好きって気持ちは、これ以上積み重ねたくないのに。

高嶺のせいで、頭ん中ぐちゃぐちゃ。

だけど、きっと明日には、いつものようにおろされた髪が風になびいているんだろう。

「助けに来た」


「つかさちゃん！　あのね、今週末、一緒に遊びにいかない……？」

「行くっ！」

登校直後。とことこと駆けよってきた乃亜からのお誘いに、あたしはクイズ王もしのぐほどのスピードで即答した。一瞬、幸せと驚きと感激と萌《も》えとで羽ばたいていきそうになった意識をなんとかつなぎとめて。

乃亜から遊びに誘ってくれるなんてめずらしい。槍《やり》が降ろうと、なにが降ろうと、地面を這ってでも行きます……！

すると、乃亜がほわっと笑って、胸の前で手を合わせた。

「よかったぁ！　つかさちゃんも一緒だったら、絶対楽しいと思ったのっ」

……ん？　つかさちゃん〝も〟？

聞き流してはいけないニュアンスに気づいたあたしは、思わず固まる。

「の、乃亜？　つかさちゃんも、ってどういうこと？」

と、そのとき。

「よかったなぁ、乃亜。『つかさちゃんと一緒がいい』って、聞かなかったんだもんね」

どこからともなくやって来た宙くんが、保護者のように乃亜の肩をポンポンとたたいた。すると、乃亜がうれしそうにうなずく。

「へへ、宙くんとつかさちゃんとお出かけできるなんて、夢みたい」

はいいいぃぃ？

「ねぇ、乃亜……。もしかして遊びにいくのって、乃亜とあたしと、それから宙くん……？」

「うん、そうだよっ」

「…………」

一点のくもりもない満面の笑みを向けられて、思わず引きつり笑顔のまま固まるあたし。こんな純粋な笑顔に対して、あたしの下心満載な本音を言えるはずもなかった。

……そう、だよね……。乃亜にとっては、宙くんも大事ないとこだもんね……。

ひゅー、と心に木枯《こ が》らしが吹きつける。

ふたりきりのデートだと思いこんで浮かれたあたしは一気に地に落とされたけど、もともとはふたりで行く予定だったみたいだし、せっかく誘ってもらったのにワガママは言えない。あたしにとっての最優先事項は、乃亜が望むことだ。

そう、しょうがないの。うう……。

「遊びにいくって、どこに行くの？」

よよよとこぼれる心の涙をぬぐいながらたずねると、宙くんが答えた。

「最近できた遊園地あるじゃん？　そこ！」

「ああ……！」

そこなら知ってる。遊園地とショッピングモールが併設《へいせつ》されていて、あたしもいつか行ってみたいと思っていたところだ。

「日曜がいいかなって思ってるんだけど、日吉ちゃん大丈夫？」

「うん、ばっちり空いてる！」

「よし！　じゃあ決まりー！」

そこであたしはふとあることを思いつき、ガッツポーズをきめる宙くんを呼び止めた。

「ねぇ、宙くん」

「ん？　なになに？」

あたしの声に気づき、こちらを向いた宙くんが、顔をずいっと寄せてくる。

この人、相変わらず距離近いーっ！

気づかれないようにさりげなくあとずさりながら、あたしは勇気を振りしぼって提案した。

「せっかくこのメンバーで行くんだし、高嶺のこと誘ってもいいかな」

するとと、なぜかパッと花が咲いたみたいに、宙くんがうれしそうに笑う。

「もっちろん！　実はね、日吉ちゃんに誘ってもらおうかなって思って、高嶺にはまだ声かけてないんだ」

「え？」

どういう意味？とたずねようとした、そのとき。

「俺がなに？」

突然聞こえてきた声に、あたしはびくっと肩を揺らした。

噂をすればなんとやらだ。振り返れば、スクールバッグを肩にかけた高嶺がけげんそうな顔をして立っていた。

「お、ちょうどよかった！」

宙くんが明るく言い、あたしに目配せする。がんばれ、そう背中を押され、あたしは小さくうなずき返すと再び高嶺に向き合った。

「ねぇ高嶺。もしよかったら、今度の日曜、みんなで一緒に出かけない？」

すると、思ってもみなかった提案だったのか、少し驚いたようにあたしを見つめた高嶺が、「……あー」と言いながら目を伏せた。

「その日は先約があるからパス」

「……っ」

……なんでわかっちゃうんだろ。たぶん、それくらい高嶺のこと見てるから。わかりたくないのに、高嶺のまぶたの裏に映っているその人が、痛いほどにわかってしまう。高嶺の言葉のひとつの端々に、敏感《びんかん》に感じとってしまう。先約が、きっと美織さんであることを。

先約なのだから、美織さんを優先するのはしょうがない。頭ではそう理解してるのに、美織さんが選ばれて、あたしが切り捨てられた。そう感じてしまうのは、あたしの心が卑屈《ひくつ》になっているからなのだろうか。

「そっか、わかった」

無理やり笑顔をつくって引きさがると、目を伏せた高嶺はそれ以上はなにも言わずに行ってしまった。

「日吉ちゃん、ごめん……。俺があんなこと言ったから」

高嶺が教室から姿を消した頃、あたしを心配するようなためらいがちな宙くんの声が、背中にぶつかった。

あたしは振り返りざま、宙くんに笑いかける。

「ううん、宙くんのせいじゃないよ。気づかってくれて、ありがと」

こうなってしまったことは、だれも悪くない。悪くないんだ。

そして日曜日。

家を出ると、からっと晴れた秋空が視界に飛びこんできた。出かけるには、絶好の日だ。

玄関の前で大きく伸びをする。肺の中に入ってくる空気は、とても澄《す》んでいて気持ちがいい。

今日は、いろいろリフレッシュする機会にしたい。今日くらい、高嶺のことを忘れて思いきり楽しもうと思う。

家から徒歩五分ほどの距離にある集合場所の駅に向かうと、乃亜と宙くんはすでに来ていた。数メートル先のあたしの姿を見つけるなり、ぶんぶんと大きく手を振ってくれるふたり。

「つかさちゃーんっ」

「日吉ちゃん！」

あたしも遠くから手を振り返す。

「おはよー！　ふたりとも！」

最近、男子と接する機会が増えたからか、宙くんに対する恐怖心はほぼなくなった。

もともとの宙くんのフレンドリーさも、打ち解けられた要因だと思う。

その隣に立って手を振ってくれている乃亜はというと、期待を裏切らないどころか、期待以上の天使ぶり。だぼっとしたサロペットを着て、大きなリュックに背負われてる乃亜たん、かわいすぎる〜っ。

こうして乃亜と休日に出かけることは何度もあったけど、毎回毎回そのかわいさに衝撃を受けてしまう。決してフェミニンな服装ではなく、むしろカジュアルなのに、それがとっても乃亜に似合ってる。

カメラの容量も空けてきたし、準備は万端。期待に胸を膨らませながら、あたしはふたりのもとへ駆けた。


電車を乗り継いで、数十分。駅を出てすぐ、大きなショッピングモールは姿を現した。巨大な観覧車も見える。

「おわー、想像以上に広い……」

その広さは、思わず圧倒されてしまうほど。

隣接《りんせつ》してるショッピングモールにも、遊園地のチケットがあれば、自由に行き来できるらしい。

最近できたばかりな上に日曜ということもあって、人が多くにぎわっている。

「ねっ、楽しそうっ」

「さ、パーッと遊ぼー！」

「おー！」

あたしたちはテンション高く、さっそく遊園地に入場した。

遊園地（で遊んでる乃亜の観察）は、想像以上の楽しさだった。

メリーゴーランドに乗る乃亜は、まぎれもなくおとぎの国の妖精さんで。

宙くんは、そうとうジェットコースターが好きらしく、ひとりで何度も乗っていて。

お化け屋敷では乃亜が腕につかまってきたから、にやけてしまって。

コーヒーカップでは、宙くんがハンドルを回しすぎるから、あたしと乃亜が完全に酔って。

どこを切り取っても楽しいし、乃亜がかわいい。この歳で、こんなにも遊園地を楽しめるとは思っていなかった。

時間を忘れてアトラクションに乗りまくっていると、お昼ご飯を食べないまま、いつの間にか二時になっていた。

「あー、お腹減った！　そろそろ昼ご飯食べよっか！」

宙くんの声に、時間の経過を知る。

「わ、もう二時か……！」

「食べよ〜っ」

軽く食事を取ることにしたあたしたちは、露店でドリンクとハンバーガーを買い、近くにあったパラソルのついたテーブルに着いた。

「いただきまーす」

声をそろえて言い、ハンバーガーにかぶりつく。

「みんなで食べるとおいしいねぇ」

ほわほわと笑う乃亜がかわいくて、あたしの表情筋まで溶ける。

「おいしいねぇ〜」

ふたりでにこにこしながらハンバーガーを食べていると、宙くんが乃亜の方を見て、なにかに気づいたように「あ」と声をあげた。

「はは、乃亜。ほっぺにソースついてるよ」

「え、うそ！」

「取ってあげるから、こっち向いて？」

乃亜の頬についたソースを、そっと指でぬぐう宙くん。

「よし、取れた！」

「えへへ、ありがとう、宙くんっ」

な、なんだ、この天国は……。

食べかけのハンバーガーを持ったまま、思わず目の前のやり取りを凝視してしまう。このいとこといると、心がお花畑みたいにおだやかになる。みんながこのふたりみたいな心を持ったら、地球上から争いごとはなくなるんだろうな……。乃亜と宙くんがいるこの世界、ありがとう……。

じんわりと幸せを噛みしめながら、あたしは残りのハンバーガーを食べた。


遅めのお昼ご飯を食べ終えた頃には、三時になっていた。

「さ！　昼食後一発目は、あそこのゴーカートに乗らない？」

歩きながら、宙くんがすぐ近くにあるゴーカート乗り場を指さして、そう提案する。

「うん！　運転したいっ」

「飛ばしちゃうぞ〜っ」

あたしは、きゃっきゃと盛り上がりながらゴーカート乗り場に向かおうとするふたりを呼び止めた。

「ごめん！　あたし、ちょっと自販機で飲み物買ってきていいかな」

昼食でドリンクを頼み忘れた上に、持ってきた飲み物が終わってしまって、喉がカラカラになってしまった。

あたしの声に、宙くんが振り返る。

「お、了解！　自販機どこにあるかわかる？」

「わかんないけど、大丈夫。探してみるよ」

「たぶん、ショッピングモールの方にあった気がするんだけど……」

「わかった、ありがと！　じゃあ、行ってくるね」

「うん、行ってらっしゃい！」

「行ってらっしゃい、つかさちゃん」

乃亜と宙くんと別れ、あたしは自販機探しに出かけた。


自販機なんて、どうせすぐ見つかる。そう高をくっていたのに……。

「自販機め～、なんでないのよ～……」

四十分後、あたしはいまだ自販機を見つけられずにいた。遊園地中を歩きまわったせいでヘトヘトになり、自販機への不満を口にする。

なんでもないときはよく目に入るのに、いざ必要となると、なかなか見つからないものランキング、トイレに次いで二位だと思う。

喉が渇いてるっていうのに、歩きまわっていたら喉の渇きはさらに増すばかり。完全に負のスパイラルにおちいってしまった。

ショッピングモールの方にあったという宙くんの言葉を思い出し、遊園地を出てショッピングモールに足を踏みいれる。

「さすがにこっちにはあるよね……」

ショッピングモールは、遊園地と同様に人で混雑していた。

でも、宙くんの助言どおり遊園地よりは自販機が見つかりそうな雰囲気が、なんとなくする。

人の間を縫って、先へ先へと歩みを進める。……と、そのときだった。

前方の洋服ショップから出てきた人の姿を認めたあたしは、思わず足を止めた。

「……っ」

地面に足が張りついたように、動けなくなる。

それは、高嶺だった。

高嶺が後ろを振り返る。少し遅れるようにしてショップから姿を現したのは――美織さん。先約とは、やっぱり美織さんだった。

「かわいい服いっぱいで、悩《なや》んじゃうなー」

「ショッピング来るの久々だもんね」

聞きたくなんてないのに、雑踏の中でもふたりの声が鮮明に耳に入ってきてしまう。

高嶺、あんなに優しい声で話すんだ……。優しく、そっとふれるような声で。

寄り添って歩く美織さんの腕が、自然と高嶺の腕に回った。

付き合ってるのだから、腕を組むくらいなんの不思議もない。だけど目のあたりにすると、目の前の事実から逃げられずに、胸が張りさけそうになる。

そう、これがまごうことない現実。

やっと、足が呪縛《じゅばく》から解かれたように動いた。すかさず踵を返して、逃げるようにその場を立ち去る。

歩けば歩くほど、目の奥が痛んで。ついに、たえきれずぽろりとひと粒《つぶ》涙がこぼれれば、堰《せき》を切ったように次から次へと涙が頬を流れた。

行き交う人に顔を見られないよう、歩く足を速める。

……なんで高嶺のことなんて好きになっちゃったんだろう。高嶺に彼女がいるってわかってたら、好きになってなかったのかな……。

ううん、たぶん無理だ。どうしてたって、高嶺のことを好きになってた気がする。

いっそ嫌いになれたら楽なのに、好きって気持ちは一向に消えてくれない。

……ねぇ、高嶺。あたしはどうすればいいのかな。あたしの心は、どこへやったらいいのかな。

美織さんになりたい。高嶺の隣を、なんの理由がなくても歩けるあの人になりたい。

「ふっ、うぅ……」

歩きながら涙をぬぐっていると、思わず声がもれた。次から次へと流れる涙が、両手ではもうぬぐいきれない。

片想いでいい。そう思ってたはずなのに、こんなにも片想いが苦しいなんて。


それからどのくらい経っただろうか。

涙を乾かしたくてとぼとぼと歩いていたら、視界がぼやけていたせいで地面のでっぱりに気づかず、つまずいて体が前のめりに倒れた。

転ぶ……！　そう思ったのもつかの間、あたしはアスファルトにたたきつけられるように派手に転んでいた。

「いった……」

立ち上がれず座りこんでいると、視界を覆うアスファルトが、ぐにゃりとゆがんでぼやけた。

……みじめだなぁ、これは。

込みあげてきた涙を手の甲でぬぐう。そしてぐっと下唇を噛みしめ、立ちあがろうとしたとき、足首がズキンと痛んで力が入らないことに気づいた。

転んだ瞬間、足首をひねってしまったらしい。これじゃ、乃亜と宙くんのもとに戻ろうにも歩けない。

「最悪……」

自暴自棄なつぶやきが思わずもれた。

気力を振りしぼってなんとか歩き、近くのベンチに腰かける。

そして乃亜に連絡するためスマホを取り出そうと、スカートのポケットを探ったあたしは、手を動かしながら徐々に背筋が凍りついていくのを感じた。

うそ、スマホがない……。

何度探してみても、ポケットの中の手がスマホの感触にたどり着くことはなくて。

ここに来るまでのどこかで落としちゃったんだ、きっと……。

闇雲に歩いていたら、いつの間にか遊園地の外れまで来てしまったらしく、まわりに広がっているのは、遊んでいたときには見かけもしなかった森。

だれかにスマホを借りるにも、遊園地のにぎやかさがうそのように人が通らないため、それは叶わない。

こうしている間にも、近くにある大時計は五時を指そうとしている。

ふたりと別れて時間が経ってしまった。乃亜と宙くん、きっと心配してるよね……。

このままここに取り残されて、帰れなかったらどうしよう。

激しい自己嫌悪と恐怖心に、また涙がじわっと込みあげてきた、そのとき。

「はぁ、見つけた……」

どこからともなく聞こえてきた足音と、聞き慣れた声が耳に届いて、あたしは顔を上げた。

＊＊＊

四時。俺と美織は、ショッピングモールからの帰り道を歩いていた。

「はぁ、今日は楽しかった〜。付き合ってくれてありがとう」

少し前を歩きながら、微笑を浮かべた美織がこちらを振り返る。

「どーいたしまして」

そう言いながら、元気を取り戻した様子の美織に、ひとまず安堵する。この前、俺がいなくなる夢を見たというあのときは、顔面蒼白《がんめんそうはく》で今にも壊れてしまいそうだったから。

俺がフォローしねぇと……。そう思った矢先、美織から提案されたのが今日のデートだった。

「新しくできたショッピングモール、ずっと行ってみたかったの。パンケーキもおいしかったー」

「美織、パンケーキ好きだもんね」

そう言うと、美織が口もとに笑みを乗せたまま、じんわりと目を細めた。

「うん、すごく好き。付き合い始めの頃、よく食べにいったね」

「……ん、ああ、そうだね」

不意打ちだったから、つい笑顔が遅れる。

……付き合い始め、か。

反芻して思わず目を伏せた、そのとき。ふいに隣で美織が声をあげた。

「あ、そうだ！　夜ご飯、うちで食べてくでしょ？」

まるで、ほつれた雰囲気を縫いとめるかのような、普段より明るい声。

はっとして隣を見れば、美織がこちらを見上げていた。

「ね？」

首を小さくかしげながら、そっと微笑む美織。

美織に引っぱられるように、俺もいつもの笑みを浮かべた。

「じゃあ、ご馳走になろうかな」

そう答えようとして、だけどそれは電話の着信によってさえぎられた。コートのポケットの中で、スマホが振動《しんどう》している。

スマホを取り出し、ディスプレイを確認すると、発信相手は宙。宙とのやり取りはメッセージが主だから、電話がかかってくるなんてめずらしい。

イレギュラーな事態に、なんとなく不安をあおられる。

「ごめん、美織。ちょっと出るね」

美織に断りを入れ、俺は電話に出た。

「宙？」

問いかけた俺の声にかぶさるようにして、電話の向こうから宙の声が聞こえてくる。

『あ！　もしもし、高嶺!?　ねぇ、どうしよ、日吉ちゃんがいないんだよ！』

「え？　つかさが？」

その名前が出てきたとたん、胸がざわついた。

切羽つまった宙の声が、事の深刻さを表している。

『飲み物買ってくるって別れたきり、帰ってこなくて……。それで捜したら、日吉ちゃんのスマホが落ちてるし、なにかあったんじゃって心配で心配で……』

「……っ」

そういえば、今日宙たちは遊びにいくって言ってた。

「今どこにいるんだよ」

『最近できた遊園地……』

遊園地か。偶然にもさっきまでそこにいたから、行き方は把握している。

「わかった、俺も捜す。今行くから、待ってろ」

『うん』

俺はスマホをしまうと、すぐさま美織に向き直った。

「悪い、美織。急用ができたから、今日行けねぇわ」

言うがはやいか、踵を返してもと来た道を走りだす。いや、言いながらもう踵を返していた。深く考えるよりも先に、体が勝手に動いていた。

「あっ、待って……」

美織の呼び止める声は、走りだした俺にはもう届かなかった。

遊園地に着いても、宙から連絡はない。それはつまり、つかさはまだ見つかっていないということで。

遊園地に入場し、あたりを見回しながら、人と人との間を縫って進む。夕方だというのに、人がひしめきあっているせいで、走るのもままならない。

「つかさっ」

声を張りあげ名前を呼ぶけど、返事が聞こえてくることはない。

そのとき、数メートル先を歩く、長い髪の後ろ姿を見つけた。

——あれは……。

「つかさ！」

人混みをかき分け、なんとかその肩にふれると、彼女が振り返った。

「はい？」

目が合ったとたん、思わず落胆する。振り返った彼女は、つかさとは似ても似つかない女子高生だった。

「……あっ、すいません」

「えっ、あっ、いえ♡」

よくよく見たら、後ろ姿ですら全然違う。あせってるせいで、状況判断すら冷静にできてない。

しっかりしろよと自分を叱咤するようにこぶしを握りしめ、女子高生のもとを離れた俺は、再びつかさを捜し始める。

だけど、いくら捜しても、どこにもその姿はなくて。

なにかあったんじゃないかと不安が募る。いっそ、能天気にひとりでアトラクションにでも乗ってたってオチだったら、どれだけいいか。

少し広い通りに出たところで、俺は膝に手をついて荒い呼吸を整えた。

「はぁ、はぁ……」

駆けずり回っていたせいで、足が重い。

ったく、どこ行ったんだよ、あいつ……。

『高嶺！』

俺の名前を呼ぶ、あいつのやたら通る明るい声がどこからか聞こえてきた気がした。

見つけたら、ぜってー迷惑料でなにかおごらせてやる。そう固く心に決めると、ぐっと顔を上げ、再び走りだした。

やがて、敷地内《しきちない》の一番奥までやって来た。ここら辺は、さっきまでの喧騒がうそかのように静かで、人もあまりいない。

「つかさ！」

口の横に手をあて、声を張りあげながら駆ける。

と、そのときだった。前方のベンチに座っている人影を見つけ、俺は駆けていた足の速さをゆるめた。

あの長い髪、横顔——まちがいない、つかさだ。今度こそ、やっと見つけた。

無事な姿であることに、安堵のため息をもらす。

呼吸を整えるように肩を大きく上下させながら、歩み寄る。

そして。

「つか——」

呼びかけて、声が途切れた。

思わず、足が止まる。

目が見開かれたのが、自分でもわかった。

木の陰に隠れて見えなかった。つかさのほかにもうひとり、そこにいたことに。ベンチに座るつかさの目の前にひざまずくようにして、だれかがいた。

「探してくれてたなんて……。充樹先輩、ありがとうございます。来てくれた瞬間、すごくホッとしました」

「つっちゃんが無事ならよかった」

――桜庭だった。

いつからか男嫌いのつかさが下の名前で呼ぶほど、親しくなっていた、桜庭。その桜庭に、つかさが笑いかけている。そうとう気を許してるってことは、その笑顔を見ればすぐわかる。

……そうか。俺が入っていく隙なんてなかった。俺よりも先に駆けつけるやつが、つかさにはいた。

今まで全然気づかなかったのに、寒さで耳がかじかんでいた。

俺は小さく息を吐き、途方もなく力を失った手を握りしめると、まだ荒い呼吸のまま踵を返した。

＊＊＊

「――見つけた」

その声とともに姿を現したのは、私服姿の充樹先輩だった。

「充樹先輩……!?」

思いがけない人物の登場に目を丸くしていると、充樹先輩は脱力するように肩をガクッと下げて、安堵の笑みを浮かべた。

「あー、よかった～。こんなところにいたんだね」

「なんで充樹先輩がここに……」

まだこの状況についていけずに戸惑いを口にすると、充樹先輩が、ベンチに座るあたしの前にひざまずき、上目づかいでにこっと笑った。まるで白馬に乗った王子様みたい。

「つっちゃんを助けにきたんだよ」

「え？」

「ほんとに偶然なんだけどね、友達とショッピングモールに遊びにきてたら、つっちゃんとよく一緒にいる、ほらあの、おさげに大きい眼鏡の子に会って」

「もしかして、乃亜？」

「そうそう、乃亜ちゃん！　その乃亜ちゃんがさ、すっごい青ざめた顔でキョロキョロしてるから、なにかあったのかなと思って声かけたんだよね。そしたら案の定つっちゃんが帰ってこないとか言うから、俺もつっちゃんを捜し始めたってわけ」

そう、だったんだ。あたし、みんなに迷惑かけちゃった……。

「捜してくれてたなんて……。充樹先輩、ありがとうございます。来てくれた瞬間、すごくホッとしました」

素直な気持ちとお礼を口にすれば、やんわりと首を横に振りながら、充樹先輩がおだやかな笑みを浮かべる。

「つっちゃんが無事ならよかったよ」

「充樹先輩……」

充樹先輩と話していると、さっきまであんなに乱れていた心が平静さを取り戻していく。

「とりあえず、乃亜ちゃんたちに連絡しないとね。乃亜ちゃんのスマホの番号わかる？」

「はい」

ばっちり覚えている乃亜のスマホの番号をそらんじると、充樹先輩が電話をかけて、あたしを見つけた旨を伝えてくれた。

そして通話を切ると、スマホをしまいつつ、再びあたしに視線を向けて語りかけてくる。

「スマホ、落としちゃったんでしょ？　つっちゃんのスマホは、今乃亜ちゃんが持ってるよ」

「乃亜が拾ってくれたんだ……。よかった。足くじいちゃったのに、スマホ落としたから連絡できなくて」

「えっ、足ケガしてんの⁉」

「思いっきり。やっちゃいました」

へへへと頭をかいていると、充樹先輩がふと真剣な眼差しをこちらに向けた。

「ねぇ、つっちゃん」

「はい？」

「もしかして、泣いてた？」

「え？」

思いがけない指摘に、思わず目を見開く。

「目が赤い。なにかあったんでしょ」

……図星。弱ってるところに、的確に手を伸ばされる。

「充樹先輩、鋭すぎ」

勘が鋭すぎる男子は、モテないですよ。

不満を言うようにつぶやくけど、なおも充樹先輩の瞳は揺るがない。言い逃れできないことをさとったあたしは、腹をくって本当のことを告げる。

「……失恋、です」

「え……？」

「高嶺、彼女がいるんです。さっき、彼女といるとこ見ちゃって……」

「つっちゃん……」

「高嶺への気持ちがなくなるまでは好きでいようって思ったけど、やっぱり苦しい」

なんでだろう。充樹先輩の眼差しが優しいからか、本心がぽろぽろと口をついて出てくる。

うつむき黙りこむと、そっと静寂を破るように、充樹先輩の声が聞こえてきた。

「……そんなにつらいなら、やめれば？　高嶺くんのこと好きでいるの」

「え？」

思いがけない言葉に、反射的に顔を上げる。

好きでいる気持ちは自由、そう言ってくれた乃亜とは、正反対の意見だ。好きでいるのをやめるなんて、できるのかな……。

戸惑っていると、そんなあたしの気持ちを読んだかのように、充樹先輩が答えを提示した。

「新しい恋を始めればいいんだよ」

「新しい、恋……？」

「高嶺くんのことを思ってる時間がもったいないよ。次の恋なんて、すぐそこに落ちてるかもしれないんだから」

「………」

あたしは再び目を伏せ、膝の上のこぶしを握りしめた。

充樹先輩が言わんとすることは、よく理解できる。ずっと好きでいるわけにはいかないことはわかってる。今のまま想っていても、なにも変わらない。

新しい恋、なんてそんな考えなかったけど。少しずつ、前を向いていかなきゃいけないのかな……。

「充樹先輩」

「ん？」

あたしは顔を上げ、充樹先輩の目をまっすぐに見すえた。

「あたし、高嶺に告白しようと思う」

「えっ？」

あたしの宣言に、充樹先輩が目を丸くする。

これがあたしの、初恋の答え。

「ケリを、つけたい」

自分に言い聞かせるようにつぶやく。清算しなきゃ、きっとあたしは前には進めないから。

「つっちゃん……」

「あたしって、あきらめ悪いみたい」

てへへと苦笑すると、目を見開いていた充樹先輩が眉尻を下げ、なぜかすごくうれしそうに笑う。

「つっちゃんは、つっちゃんだなぁ」

「へ?」

「まっすぐ、だよね」

「まっすぐ?」

「うん、まっすぐ」

そっか。まっすぐか。反芻しながら、なんとなく勇気が芽生える。まっすぐ向かっていって、あたって砕けてやろうじゃない。

結果はわかってる。だけど、あたしにできることは全部したい。こんなにあきらめ悪くなったのは、あんたのせいだよ、高嶺。

「もう少し、このままでいて」

高嶺に告白する。そう決心して、一週間。

声をかけたいのに、高嶺がまったく捕まらない。

捻挫《ねんざ》してまだ痛む足を引きずり、休み時間になると高嶺を追いかけるけど。なんでこんなに多忙なの、この人……。

クラスメイトから頼みごとを受けていたと思ったら、委員会の助っ人に呼ばれ、間を置かずに先生の手伝いをして。しかも、それらを嫌な顔ひとつせずに引き受ける。

あまりの仕事量に、高嶺の体が心配になるほど。

高嶺は、どうしてそんなにがんばるのだろう。どうしてそんなに完璧であろうとするんだろう。


——そして、金曜日。ついに、そのときはやってきた。

それは職員室の掃除を終え、下駄箱の横を通りかかったときのこと。なにげなく昇降口の方を見たあたしは、下駄箱からローファーを取り出す高嶺の姿を見つけた。

スクールバッグを肩にかけているから、どうやら帰るところらしい。

高嶺はひとり。声をかけるチャンスはもう今しかないと思いたち、高嶺のもとへ駆けよる。

「高嶺！」

と、そのとき。上履きの爪先《つまさき》が、リノリウムの床に引っかかり、あたしの体は前のめりになった。

……あ。やばい。なんか、デジャビューッ！

そうさとった頃には、もう時すでに遅し。

なんの抵抗もできないまま。

――ぼすん。

高嶺の背中に、顔面からダイブ。

「……っ⁉」

「……ほ、ほへん……」

……もうなにやってんのよ、あたしのばかーっ！

泣きたい。穴があったら、今すぐにでもダイブしたい。そのまま地下に埋《う》まってしまいたい。

高嶺の背中から顔を離すと、高嶺が腰をさすりながら、こちらをうらめしそうに振り返った。

「お前さ、もうちょっとおだやかに話しかけられないわけ?」

「いや、ほんと、ごめん」

ガチのトーンで平謝りするあたし。

自分の行動、思い返せばただの痴女。まじで、あたしもこれはやってしまったと思いました。

「で? なんだよいきなり」

問われて、声をかけた目的を思い出す。

そうだ、あたし、告白しようと思って——。

「……あのさっ」

言いかけて、口をつぐむ。

告白、と思ったけど、この場所は人通りが多くて、なかなか厳しい。今も、背後の廊下を生徒が行き交っている。

あたしは、はたと考え直して、再び高嶺を仰ぎ見た。

「今度……来週の月曜、高嶺に言いたいことがあるんだけど」

「来週の月曜?」

「うん。だから、放課後、時間を空けててくれないかな」

「ん、別にいいけど」

「ありがと」

言いながら、体の熱が一気に上がっていってるのを感じる。クールな感じを装ってるけど、心の中じゃ、てんやわんやの大騒ぎ。

約束を取りつけるだけでこんなばかみたいに緊張してるのに、告白なんてできるのだろうか。

「……じゃっ！」

これ以上いたらまちがいなくボロを出すと判断したあたしは、さっさとここから立ち去ろうと、片手を挙げる。

そして、教室へ逃げようと踵を返した、そのとき。

「——つかさ」

ふいに、後ろから腕をつかまれた。

「んっ？」

振り返れば、高嶺がこっちを見てる。なにか、とても言いたげに。

「この前……あー、いや、やっぱなんでもねぇわ」

「？　わかった」

なんでもないと言うわりには不自然で気になるけど、約束を取りつけたことであたしはもういっぱいいっぱいで。

「じゃあ、また月曜……！」

そう言い残し、脱兎《だっと》のごとくその場から立ち去った。

それからやってきた、日曜日。

今日のあたしは、朝からうはうは。なんてったって、乃亜たんが初めてあたしの家に来るのだから。

数学の課題がわからないと言うあたしに、乃亜が私でよかったら教えてあげると言ってくれたのだ。

ひゃーっと今にも舞いあがりたい気持ちを抑えて、あたしは家の片づけをする。母親は休日出勤でいないから、土日の家事はあたしの仕事だ。

手早く家の中の掃除を終え、次にお茶菓子の準備に取りかかる。

乃亜が喜びそうなおいしいお菓子はなにかないかなーとお菓子が入っている棚をのぞいたあたしは、思わず声をもらした。

「……うっそ」

棚は見事に空っぽ。なにも入ってない。

……買いにいかないとまずい。乃亜をお迎えするのに、これはあってはならない由々《ゆゆ》しき事態だ。

時計に目をやると、二時。約束は、乃亜の習い事が終わったあとの夕方五時。時間はまだある。

「よし、行くか」

かわいいかわいい乃亜をおもてなしするために、あたしは買いだしに行く準備を始めた。


最寄りのスーパーまで、徒歩で十分ほど。足のケガは順調に治ってきて、痛みはほとんどと言っていいほどなくなっていた。

クッキー、たくさん買ってあげよう。大好物がクッキーとか……。はい、かわいい。あわよくば、夜ご飯まで誘っちゃおっかな。なんて、そんなことをのんきに考えながら曲がり角を曲がった、そのときだった。

「……っ」

息をのみ、足を止めたのは。

目の前の光景に、ドクンドクンと一気に心臓が嫌な音を立て始める。

前方から歩いてくる人。それは──。

「高、嶺……」

私服姿の高嶺もあたしに気づいて足を止めた。なぜか、目を見開いて。

「……つかさ」

鉢合わせしたくなかった。よりによって——高嶺の隣に美織さんがいるときに。

デートだったのだろうか。白いシフォンのワンピースに身を包んでいる美織さんは、モデルのように見えた。

「知り合い？」

あたしたちの間にピンと張られた静寂のときを破るように、美織さんが高嶺を見上げ、そう聞いた。

でもなぜか高嶺は、目を見開いたまま固まってしまったかのように、その問いに答えない。

心にしみるような、痛々しい沈黙《ちんもく》が訪れる。

なにか言わなきゃ……。

この沈黙をいちはやく破りたい。その一心であえぐように口を開くあたしを見て。

「……っ、つかさ」

なぜか高嶺があたしの名を呼んだ。まるで、なにか話しだそうとするのを引きとめるかのように。

でも、そんなこと気にしていられなかった。喉を締めつけられているかのような感覚におちいりながらも、あたしはやっとのことで声を振りしぼった。

「は、はじめまして。高嶺のクラスメイトの日吉つかさです」

美織さんに向かってそう言うと、彼女はなぜか一瞬、大きな瞳を見開いた。

「あなたが、つかささん……」

なにかつぶやいたかと思うと、すぐににこっと目を細めて微笑み、その小さなピンク色の唇を開いた。

「はじめまして、野原《のはら》美織です。アサヒがいつもお世話になっています」

「……え？」

アサヒ……？

思わず聞き返していた。

〝アサヒ〟って、だれ……？　あたしにそんな知り合い、いない。

「あの、アサヒって――」

そこであたしの声は途切れた。

高嶺があたしと美織さんの間に、割って入ったから。

「ごめん、美織。学校の話し合いがあるんだ。ちょっと待っててくれるかな」

美織さんにそう説明する高嶺は、おだやかになろうとしてる。でもなぜか、声音はひどく緊迫していた。

「うん、わかったわ」

美織さんが笑みを浮かべてうなずくと、高嶺がすかさず目も見ないままあたしの手を引いた。

「つかさ、行くぞ」

「え……っ」

高嶺に手を引かれるまま、その背中を追いかける。

こちらを振り返ることなく足早に歩く高嶺は、なにも言ってくれない。でも、こんなに余裕がなくてあせっている高嶺を見るのは、初めてで。

なにが起こってるの……？　ねぇ、高嶺……。

いくら心の中で問いかけても、その背中が答えてくれることはない。

訳がわからなかった。頭の中はぐちゃぐちゃだった。

確証はないけど、高嶺の普通じゃない様子から、すごく大切なことにふれてしまった、そんな気がする。

そして、あたしの手首をぐっと握るこの手を振りはらってはいけないことだけは、たしかだった。

手を引かれたどり着いたのは、ひとけのない公園。

立ちどまり、ふいに手が離される。離れていくその手を、あたしは追うことができなくて。

冷たくて痛々しい、しんとした静寂があたしたちを覆う。

……怖い。本当は怖い、口を開くのが。

でも――聞かなきゃいけない気がする。だってわからないことばかりなんだよ。

そしてそのわからないことは、こんなにも高嶺を動揺させるほど、きっと重要なことで。

あたしはぎゅっと手を握りしめ、微かに震える唇を開き。

「……高嶺っ……」

こちらに背を向けたままでいる高嶺に声をぶつけた。

「さっきの……アサヒって、だれ？　高嶺が、アサヒって呼ばれてるの……？」

あたしの問いに、高嶺はすべてを覚悟したようにわずかにうつむくと、目の前にあったベンチに腰かけた。

「全部話すよ、お前には。ま、楽しい話とは言えねぇけど」

「高嶺……」

そして真正面を見つめたまま、ゆっくりと声を紡《つむ》いだ。

「アサヒ――高嶺朝陽は三つ上の兄貴だよ」

「お兄さん？」

それは予想もしなかった答えで。

すると、高嶺は目を伏せて静かに続けた。

「もうこの世にはいない、俺のたったひとりの兄貴」

「え……？」

「兄貴は俺が中三のとき、交通事故で死んだ。歩道を歩いてた俺に向かって突っこんできた飲酒運転の車から俺をかばって、轢《ひ》かれた」

「……っ」

声が、喉の奥でつかえた。

ひどく冷静に告げられたのは、あまりにも衝撃的な事実だった。

ぐわんと地面が揺れるような感覚におちいる。高嶺の言葉が頭の中でふわふわと浮いてつかめなくて、うまく咀嚼《そしゃく》できない。

高嶺の視線は、ただただ地面をとらえている。でもその瞳の色は、あまりにも切ない。まるで心の中の孤独《こどく》と葛藤《かっとう》している、そんな表情で。

「美織は、俺と兄貴の幼なじみ。そして、兄貴の彼女だった」

「お兄さんの、彼女……？」

「でも兄貴が亡くなって、精神的に壊れそうになって。ある日突然、俺のことを朝陽って呼んだ」

「え……」

「俺を朝陽だと思いこむくらいボロボロになったこの人を、救わなきゃいけないって思った。守らなきゃいけないって。兄貴を亡くしたつらさは、俺が一番わかるから」

高嶺が、ふと顔を上げた。自嘲《じちょう》気味の痛々しい笑顔を、そっと口もとに浮かべて。

「だから、俺は兄貴の身代わりをやってるってこと」

「そん、な……」

〝身代わり〟そのたった四文字が、ずしんと重く心に響く。

「兄貴の代わりになれるように、大っ嫌いな勉強を始めた。好かれるような振る舞いをするようになった」

明らかになっていく真実に、思わず言葉を失う。

それと同時に、すべてのパズルのピースがはまっていくような、そんな感じがした。

これが、すべての理由。高嶺が美織さんと今の関係でいるのも、仮面をかぶるのも、テストで毎回首位を取って優等生でいるのも。そして、誕生日に苦しい笑みを浮かべていたのも。

『ねぇ。そこまでして、なんで〝プリンス〟やってるの？　そんなにキャーキャー言われたいの？　キャラ作らなくったって、その顔なら十分ちやほやされるでしょ』

『……お前には関係ねぇよ』

出会って間もない頃あたしが問いかけると、高嶺は投げやりにそう答えた。

あたしにとってはなにげなかったやり取りを、その意味がわかった今思い返してみると、胸がぎゅうっと締めつけられているかのように痛くなる。

全然知らなかった……。高嶺がかぶっていたのは、プリンスの仮面じゃなかった。

──朝陽さんの仮面だったんだ。

「これは、美織に対する贖罪なんだよ。俺が、美織から最愛の人を奪ったんだから」

あまりにも自分を痛めつける、高嶺の言葉に。……もう、我慢ができなかった。

苦しさが胸に押しよせてきて、孤独な高嶺を冷たい空気にさらしていたくなくて。

高嶺の前に立つあたしは手を伸ばし、ベンチに座る彼を抱きよせていた。

「……っ、なにして……」

高嶺があたしの腕の中で驚きを見せる。

男子が怖いとか、そんなことはもう頭になかった。気づいたら、腕が伸びていて。

「高嶺」

名前を呼ぶのにさえ、声がかすれた。ぎゅっと抱きしめる手に力を込める。

高嶺は、どんな気持ちで仮面をかぶり続けていたの……？

仮面の下は、きっと涙でボロボロだったんだ。

こんなにも重い感情を、ずっとずっとひとりで抱えていたんだね。気丈にたえて、朝陽さんとして振る舞って。

「ねぇ、高嶺……」

でも、これ以上抱えこんだら、本当に高嶺が消えちゃう。そんな気がするの……。

「たまにはだれかに寄りかかったっていいんだよ……」

「――っ」

あたしの言葉に、こわばっていた高嶺の体の力がゆっくりと抜けていくのがわかった。そして、あたしの腹部へ体を預けるかのように、もたれかかってくる。

「……悪い。もう少し、このままでいて」

吐息のような声に、あたしは静かに、でもたしかにうなずいた。

高嶺になんて言ってあげたらいいんだろう。ごめんね、気の利《き》いたことひとつ、言ってあげられなくて。高嶺の心を救ってあげられるような言葉が見つけられないの。

突きつけられた事実はあまりに重くて苦しくて、あたしはただ高嶺を抱きしめてあげることしかできない。

高嶺の体は、こうしていなければわからないほど微かに、震えていた。

あんたはきっとそうやっていろんなものにたえながら、ずっと、自分のことを隠していたんだね――。

「あんたに出会えてあたしは」

「つかさちゃん、お邪魔しまーす。……って、わっ！」

ドアを開けたとたん、あたしはなだれこむように、玄関の前に立っていた乃亜に抱きついた。

「えっ？　つかさ、ちゃん？」

「乃亜……」

どうしよう、もう頭ぐちゃぐちゃだよ。

「どうしたの？」

「あたし、ばかだった……」

「え？」

「高嶺に告白するの、やめる……」

ばかだ。ばかだ。自分が嫌になる。高嶺の気持ち、全然知りもしないで。自分のことばっかりで。

高嶺と一緒にいる美織さんを見て思った。美織さんになりたいって。ふたりが、どんなものを抱えてるか知りもしないくせに。

「……いいの？　つかさちゃんの気持ちは……」

あたしは乃亜の肩に顔をうずめたままうなずいた。

だってね、美織さんを見捨てない、そんな優しい高嶺のことが好きだって思っちゃうんだよ。そういう人だから、好きになったんだよ――。

ぐすっぐすっと鼻をすすっていると、乃亜があたしの背中をさすった。

「うん、うん」

そう言って、なにも聞かないで。

状況なんてまったくわからないはずなのに、乃亜は全部を受けとめたように、あたしが落ち着くまでそうしていてくれた。

乃亜、苦しいよ。高嶺が美織さんとキスしたのを見てしまったのを見てしまったときよりも、胸が苦しい。大切な人が苦しいと、こっちまで苦しくなるんだね。

高嶺にとって、幸せってなんだろう。

高嶺と美織さんは、どうしたら幸せになれるんだろう。


翌日。学校での高嶺は、驚くほどにいつもどおりだった。いつものように生徒に囲まれ、先生に頼られ。

あたしなんて、昨日一睡《いっすい》もできなかったというのに。

——でも、これが高嶺の普通になっちゃってるんだ。どんなときでも完璧な〝高嶺朝陽〟を演じることが。

高嶺と、どう顔を合わせればいいのかわからない。勝手に意識して、変な気をつかってしまいそうで。高嶺は、たぶんそんなこと望んでないのに。

ななめ前に座るその後ろ姿は、そうあることが当然とでもいうように、背筋が伸びている。そのしゃんとした背中を見つめては、ズキンと重く胸が痛んで仕方なかった。


そして結局なにもできないまま、昼休みを迎えた。

乃亜が茶道部の集まりに行ってしまったから、あたしはひとりで購買部にパンを買いに行くため、教室を出る。

廊下を歩きながら窓からのぞく秋空を見上げれば、あたしの心情とは裏腹にすっきりと晴れ渡っていて。こんなに悩んでいても、空は知らん顔。脳天気にすら思える青空に、はぁ、とため息をついた、そのとき。

「日吉ちゃん！」

突然、背後から名前を呼ばれた。

おもむろに振り向くと、なぜか必死な顔でこちらに向かって走ってくる宙くんの姿を見つけた。

「宙くん、どうしたの？」

あたしの前で立ちどまった宙くんが、体を屈めて膝に手をつき、荒い呼吸をしながらあたしを見上げる。端正な顔を、疲れで少しゆがませて。

「高嶺、どこにいるか知らないっ？」

不意打ちで出てきた高嶺の名前に反応するように、ドクンと心臓が揺れる。

「え……？　教室じゃない？」

口にしながら、そういえば教室は女子が静かだったことを思い出す。

するとやはり、宙くんは力なく首を横に振った。

「いないんだ、どこにも」

「――どうしてそんなにあせってるの……？」

なんとなく嫌な気配がして思わず問うと、宙くんの顔がはっとしたようにこわばった。

普通じゃない宙くんの様子に、ずっと違和感《いわかん》があった。だって、高嶺の姿が見えないだけで、こんなに取り乱してるなんて。

――宙くんは高嶺と長い付き合いだって言っていた。それに、仮面をかぶっていることも知ってる。

きっと宙くんは高嶺の秘密をわかっているだろうと踏んだあたしは、おそるおそるその名を口にした。

「美織さんとか、朝陽さんのことが関係してるの？」

宙くんが、微かに目を見開く。

「知ってるの……？」

「昨日、高嶺から聞いた」

正直にそう答えると、宙くんが静かに目を伏せた。

「そっか。……実はね、今日、朝陽さんの命日なんだ」

「え？」

「だから、なんとなく胸騒ぎがして……」

「……っ」

『俺が中三のとき、交通事故で死んだ。歩道を歩いてた俺に向かって突っこんできた飲酒運転の車から俺をかばって、轢かれた』

ふと、高嶺の声が蘇る。

淡々《たんたん》とした語り口。それなのに、罪悪感にまみれた声だった。

「高嶺、ああ見えて結構《けっこう》思いつめるタイプだから……」

つぶやく宙くんの声が途切れるのを待たずに、あたしは声をあげていた。

「あたしも捜す……っ」

「えっ？」

「高嶺のためにできることは、なんでもしたいの……っ」

考えるより先に口から出た言葉は、あたしのまぎれもない本心で。

驚いたように目を丸くしていた宙くんは、やがてふわっとやわらかく笑った。

「……ありがとう。俺は校舎を捜すから、日吉ちゃんはグラウンドの方を見てもらってもいいかな」

「わかった」

宙くんと手分けをして、高嶺を捜し始める。あたしは廊下を駆けぬけ、グラウンドに向かった。

——昨日、腕の中で震えていた高嶺。

今もまだあのときの感覚が、腕に残ってる。高嶺がすごくもろく、小さく感じて。

どれだけ多くのものが、のしかかっているんだろう。

朝陽さんの命日に、ひとりでいさせたくない。

グラウンドに出てあたりを見回すけど、目に入るのは昼食を食べ終えサッカーで遊ぶ男子生徒ばかりで、高嶺らしき人影は見つからない。

いない……。どこに行っちゃったのよ……。

呼吸を乱しながらなにげなく校舎を振り返ったあたしは、思わず息をのんだ。

屋上に、人影がある。フェンスに手をかけて立っているのは——。

「……高嶺っ」

弾かれたように、校舎に向かってグラウンドを駆けだす。

なんで屋上なんかにいるの？　屋上は危険だからって、普段は施錠《せじょう》してるはずなのに——。

上っても上っても屋上にたどり着かない、永遠に続いてるようにも思える階段がもどかしい。

嫌な音を立てて、心臓が暴れてる。

ねぇ、やめてよ。変なこと考えないでよ、お願いだから——。

「高嶺っ！」

やっとの思いで屋上にたどり着いたあたしは、その名を呼びながら、勢いよく屋上の入り口のドアを開けた。

開放的な景色の中で、高嶺がこちらを振り返り、目を見張っていて。

「つかさ……」

高嶺に駆けよりながら叫ぶ。

「お願いだから、はやまらないで……！」

やだ、死んじゃやだ——！

「——お前がはやまんな」

「……へっ？」

返ってきたいつもの冷静すぎるトーンの声に、あたしは足を止めて高嶺をはたと見つめた。よくよく見れば、高嶺はあきれた表情を浮かべていて。

……あ、れ？

高嶺がこちらに歩み寄りながら、ため息をついた。

「お前さぁ、俺がここから飛びおりようとしてるとでも思ったわけ？」

「ち、違うの？」

「ひとりになりたかったから、ここに来ただけだけど」

そ、そうだったの……!?　じゃあ全部勘違いってわけ？

「はぁ……」

とたんに力が抜けて、あたしはへなへなとその場に膝から座りこんだ。

はぁはぁ、と乱れた呼吸を整えていると、ふいに高嶺があたしの前にしゃがみこむ。

「兄貴の命日だから？」

「うん。宙くんに聞いて……。でもよかった。あたしのはやとちりで……」

ほんとに、よかった……。

「朝陽さんのこと、考えてたの？」

そっと聞くと、高嶺が口をつぐんだのがわかった。それが肯定《こうてい》を意味しているのだと理解する。

少し間を置いて、「……兄貴は」と、ふと高嶺が声を落とした。

反射的に顔を上げれば、高嶺が目を伏せたまま唇を動かした。

「高嶺朝陽は、すごい人だった。勉強も運動もできて性格もよくて、だれからも好かれて」

ぽつりぽつりと声をこぼしていく高嶺。

「みんな、兄貴のことが好きだった。落ちこぼれの俺と違って」

「落ちこぼれ？　高嶺が？」

「不良とばっかりからんで、勉強もろくにしない出来損ないの弟。それが昔の俺だった」

「え……」

「俺、元ヤン」

いたずらが見つかった子どものように、高嶺が軽く笑う。

今の高嶺とのギャップに驚いてしまうけど、でもそれが、本当の高嶺なんだ……。

高嶺の表情が、声が、再びかたくなる。

「二年前の今日、俺は親父とケンカして家を飛び出た。原因なんて、覚えてない。それくらい些細《ささい》なことだった」

「……うん」

「親は俺を見はなしてた。だけど、兄貴だけは違った。飛び出した俺を追いかけてきて、俺の話をちゃんと聞いてくれようとして。そのときだった。俺に向かって車が突っこんできたのは。兄貴は俺をかばった。こんな俺をかばって、死んだ」

「……っ」

高嶺がうつむく。

「なんで、みんなから必要とされる兄貴が死んで、役立たずの俺が生きてんだろうな。あのときかばわれることなく、俺が死んでたらよかった」

高嶺が弱々しい自嘲気味な笑みを口に乗せた。

高嶺の言葉に、笑みに、ふいに鼻の奥がツンと痛んで視界に映る高嶺の表情がぼやける。目の前にいる高嶺が、今どんな表情を浮かべているかわからなくなる。

「みんな思ってたよ、なんで死んだのが俺じゃなくて兄貴だったんだろうって。俺も思う。俺がいなければ、兄貴はあんな目にあわずにすんだのに」

あくまでも冷静を装う高嶺の声音に、自暴自棄の傷が刻みこまれていく。

「だから、二年前の今日、死んだのは俺なんだよ。俺はこれからも兄貴を演じていく。

俺が消えても、兄貴がいればいい。求められるのは兄貴だから」

「――ばか！」

高嶺の声をかき消すように張りあげたあたしの声に、高嶺がはっとしたように顔を上げた。

「なんで、なんでそんなこと言うの……」

気づけば、あたしの顔は涙でぐしゃぐしゃだった。

もういいやって言うくせに、なんでそんなに悲しそうな顔するの？

『……俺が消えたら、嫌なの？　こんな俺でも？』

夏祭りの日、あたしにそう聞いた高嶺の言葉が頭の中で蘇る。

高嶺はあのとき、どんな気持ちであたしにそう聞いたのか。

「高嶺を助けた、朝陽さんの気持ちはどうなんのよ……！」

「……っ」

高嶺が目を見開く。

あたしは朝陽さんに会ったことなんてないし、ましてや彼のことを知ってるわけじゃない。でも、朝陽さんが、高嶺に苦しんでほしくて助けたんじゃないことはわかる。弟を、高嶺を守りたいから、その命をかけて助けたはずなのに。

「あんたに出会えてあたしはっ……」

初めて恋をしたんだよ。こんなにも苦しくなっちゃうくらいに、だれかを好きになったんだよ。

ぐっと気持ちをこらえて、あたしは再び口を開いた。

「あたしは高嶺のこと、ちゃんと見てるから。高嶺は高嶺だよ。高嶺のいいとこ、あたしはいっぱい知ってる。仮面の高嶺より、素顔の高嶺がいい。だから、自分を消そうとしないで。否定しないで。高嶺に出会えてよかったってそう思う人間が、目の前にいるんだよ」

言葉は、思いがそのままこぼれるようにあふれる。

……何度傷ついたんだろう。

自分の存在を否定して消してしまおうとするほどに、高嶺は苦しんでた。

でも、高嶺にこれからを生きてほしい。ただ、そこにいてくれるだけで、それだけでいいから。

高嶺悠月という存在にどれだけ価値があるか、あたしのこの思い全部でもって、伝えたい。

「意地悪でいつも上からで強引で、不器用で優しくて自分より他人のことばっかり優先して。それが、あたしにとっての高嶺なんだよ」

あたしが映る高嶺の瞳が揺れる。

「だから……っ、あんたはあんたの人生を生きることをあきらめないで……っ」

声を張りあげた拍子に、ぼろぼろっと涙がこぼれ落ちた。

もっと前から出会ってたらよかった。

そしたら、そばにいたのに。高嶺の心の、一番そばに。

ぎゅっと下唇を噛みしめ、高嶺を見つめていると。

「……俺、すっげぇまちがえてきたかな」

つと高嶺が目を伏せ、ぽつりとつぶやく。

「高嶺、まちがわない人間なんていないよ。みんないろんなとこでまちがって、人を傷つけちゃったりしながら、それでも進むしかないの。まちがえたら、少しずつ修正していけばいいんだよ。過去に戻ることも、今にい続けることもできないんだから」

過去を受けいれるのは、すごく難しいこと。それが重くつらいものであればあるほど余計に。でも。

「高嶺にならできるよ。これからを生きていくことが」

あたしは信じてる。

自分の言葉に確証を持たせるように、高嶺の手の甲《こう》にそっと自分の手を重ねた。

ずっと屋上にいて、冷たい風にさらされていたというのに、高嶺の手にはぬくもりがあった。

生きてる。高嶺は、ちゃんと生きてる。

あたしは鼻をすすって、微笑んだ。

「弱音、吐いてくれてありがと。いっつも完璧でいようとして、全然隙見せないから、なんかちょっとうれしい」

「つかさ……」

顔を上げた高嶺が、あたしと目を合わせると、ふっと破顔した。

「なんでお前がそんなに泣いてんだよ」

「高嶺の分まで泣いてあげてるんだよ。高嶺、全部自分の中にためこもうとするから」

文句を言うように目を伏せてつぶやくと、ふいに頬をつままれた。

「んんっ?」

顔を上げれば、高嶺がなぜかおかしそうに笑っていて。

「泣き顔、めちゃくちゃ不細工だなぁ」

「ふぁぁぁ~っ?」

真剣に話してるときに、人の顔見て不細工とか、ちょっとふざけてないっ?

「なんか、この不細工な泣き顔見てたら、元気出たわ」

「……ほへ、ほへへんほ?」

「うん、すっげぇほめてる」

なんか腑《ふ》に落ちないけど。

あたしに向けられる高嶺の笑顔は、あどけない。

それはまぎれもなく、朝陽さんとして取りつくろった笑顔じゃなかった。

「幸せになってね」

「高嶺」

目を冷やすためつかさが先に出て行き、屋上でひとり空を見上げていると、ふと背後から名前を呼ばれた。

振り返れば、屋上のドアの前に、唇をきゅっと引きむすんだ宙が立っていて。

「宙」

ふっと少しだけ表情をゆるめ、宙がフェンス前に立つ俺の隣へやって来る。

「初めて入ったな。屋上なんて」

屋上は、一部の生徒しか入れないようになっている。該当するのは、天文部員か、俺みたいな例外か。俺の場合は、何度か天文部の顧問の手伝いをしていたら、鍵を貸してもらえるようになった。

「お前、屋上にはついてこなかったもんな」

「屋上に高嶺が来るときは、なにかあるときだから」

頭上を仰ぎ見れば、視界に広がるのは、雲ひとつなく澄みきった秋空。俺の声は、空のどこまで届いているんだろう。

「――つかさがここに来るように、宙が仕向けたんだろ」

秋空に溶けるほど静かに声を放てば、「バレちゃったか」と宙が少し笑って、それからグラウンドに視線を向けたまま、ぽつりとトーンを下げてつぶやく。

「きっと、高嶺はここにいるんじゃないかなってわかってたからね。日吉ちゃんなら、なにかを変えてくれると思ったんだ」

言いながら、フェンスをつかむ宙の手に力がこもり、ガシャンと軋《きし》んだ金属音が鳴る。

一瞬、しんと静まりかえったあと、突然宙が俺に向かって頭を下げた。

「ごめんっ……」

「え？」

思いがけない宙の行動に、俺は思わず目を見張った。

「なんだよ、急に」

「……俺、ずっと高嶺が隣で苦しんでるのに、なにもしてやれなかった」

「宙……」

「二年前、高嶺が朝陽さんとして生きていくって、そう言ったときも……」

後悔《こうかい》とやるせなさが入り混じる宙の声を耳にしながら、俺は二年前を思い出していた。

——兄貴の葬式が終わったあと、髪を黒く染めた。ピアスを外し、制服も兄貴の真似をして着崩すことなく身にまとった。

喪があけ、登校した初日。

腫れ物にふれるように俺を遠巻きに見ているクラスメイトの中で、宙は、俺の姿を見つけると一目散に駆けよってきた。

変わりきった俺を見て、宙がひどく驚いていたのを覚えてる。

『悠月、どうしたの？　その髪……。制服も……。悠月らしくない……』

戸惑う宙をまっすぐに見つめ、俺は自分の決意を告げた。

『……宙。俺、これからは兄貴の代わりになって生きていくことにしたから』

『え？　なんで……』

『こうすることでしか、兄貴を続けていくことでしか、美織に贖罪できない』

すべての事情を知っている宙はうつむく。ぎゅっと、握るこぶしに力が入っているのがわかった。

やがて、宙はうつむいたまま振りしぼるように声をあげた。

『そっ、か……。わかった。俺は、悠月を……高嶺を応援するよ』

この日からだ。宙が俺を名字で呼ぶようになったのは。

「あのとき、俺にそう伝えるのだって、高嶺は苦しかったはずなんだ。それなのに、俺は反対することも、力になってやることもできなかった……。高嶺の決断だから、親友なら受けとめるべきなんだって……」

そこまで言って、「でも」と宙がつぶやく。

「日吉ちゃんを見てて、気づいた。俺にだって、高嶺のためにできることはあったんじゃないかって」

「宙……」

「こうして、屋上にだって、ずかずか踏みこんでくれればよかったのに……っ」

くやしそうに声を荒《あら》らげる宙。

宙が俺に気をつかってる、そんな空気を俺は気づいてた。

「俺、ずっと自分のことを高嶺の親友だと思ってた。だけど、高嶺の親友になるには、まだまだだ。だから、俺が本当の親友になれるまで、待っててくれないかな」

そう言い切って、ぐっと俺をまっすぐに見つめる。初めて同じクラスになった頃から、変わらない、強い光をたたえた瞳で。

明るい金髪が、太陽にキラキラと反射して、あまりのまぶしさに俺は思わず目を細めた。

「俺、もう高嶺の心をひとりにしない」

……なに言ってんだよ。

俺はため息まじりにつぶやく。

「ほんと、お前親友失格だわ」

「うん……」

俺がお前に、どれだけ助けられてきたかわかってねぇんだから。

俺のことが心配だからって、勉強をがんばって、同じ高校に来てくれたことだって知ってる。

「俺は、宙が隣にいてくれて、よかったって思ってるけど」

「え？　高、嶺……」

眉をハの字にし目を見開く宙に向けて、俺は唇にそっと笑みをのせた。

「いつもこんな俺に付き合ってくれて、ありがとな」

「……やめてっ！　泣くっ！」

宙が、がばっと顔を手で覆う。

「ふは。どいつもこいつも、涙もろすぎ」

思わず吹きだす。

なんだ。勝手にひとりで踏ん張ってる気になってたけど、とんだ勘違いだったらしい。

気づけば、俺のまわりにはお人好しがふたりもいた。


『悠月。今度の土曜、一緒に買い物行かない？』

『やだ。なんで兄貴と買い物なんて行かなきゃいけねぇんだよ』

『悠月と一緒だったら、楽しいかなって。悠月、俺よりファッションセンスあるし』

『知らねぇよ』

『来てくれたら、なにかおごってあげる』

『……まじ？』

『ははっ、悠月ってば現金なんだから。よし、じゃあ決まりね。楽しみだな、悠月との買い物』

そう言って朗らかに笑う兄貴は、みんなに向けるのと同じ笑顔を俺にも分け隔てなく向けてくれた。

俺が親父とケンカしたあとは、決まって気分転換に誘ってくれた。家族のだれからも悪者扱いされる俺の言い分を、いつだって受けとめようとしてくれた。ケンカでつくった傷を、なにも言わずに手当てしてくれた。どんなに夜遅くに帰っても、兄貴は自分の部屋で俺が帰るのを待っていてくれた。

兄貴には素直に言えなかったけど、俺にとって兄貴は、俺の世界の中心だった。自《じ》慢《まん》の、大好きな兄貴だった――。

「……はぁ」

俺は目を開くと、額に手をあて、ため息をついた。

目の前にいたはずの兄貴は、もういない。かわりに視界を覆うのは、暗闇に染まった天井だ。

学校から帰ってきて勉強していた俺は、休憩しようとベッドに横たわって、そのまま眠ってしまったらしい。

兄貴の夢を見たのは、久しぶりだ。

明かりがついていないまっ暗な自室は、痛いほどにしんとしている。

「兄貴……」

ベッドに仰向けになったまま、暗闇にすがるように、そっと呼んだとき。突然、静寂を破るようにスマホの着信音が鳴った。

スマホは、勉強机の上だ。

緩《かん》慢《まん》な動きで額から腕を離すと、体を起こし、ベッドから降りて勉強机に向かう。

きっと、美織だろう。ディスプレイをまともに見ないまま、電話に出る。

「もしもし？」

『あっ！　もしもし⁉』

スマホの向こうから聞こえてきたのは、美織とはまったく違う、明るい声。

この声って――。

「つかさ？」

『ねぇ高嶺！　はやく！　はやく外に出て！』

「え？」

いきなりなに言ってるんだよ、こいつ。

『ほら、はやく！』

急かされ、訳もわからないまま、とりあえず言われたとおりにベランダに出る。

『外、出たっ？』

「出たけど」

すっかり冷たくなった外気が、体にまとわりつく。

くだらないこと言いだすんじゃねぇだろうな、と口を開こうとしたとき。

「……あっ」

俺は、思わず声をこぼした。

『ふふっ、見えた？』

なにが起こったのか気づいてる様子のつかさが、得意げに笑う。

『すごいよね！　今日、流星群なんだって』

目の前の夜空を、すごい勢いで走り去る、無数の星。

「すご……」

『あたしもたまたま見つけたんだよね。だれかに今すぐ伝えたくて、だれの願いを叶えてほしいかなって考えたら、高嶺しか出てこなくて。それで高嶺に電話したの』

つかさも外にいるのだろうか。スマホの向こうからは、つかさの声以外なにも聞こえてこない。

だから余計に声が耳に響く。まるで、耳もとで直接話しかけられてるみたいに。

『……高嶺が幸せでいてくれなきゃ困るよ』

じんわり、そっと、つかさがつぶやく。

『幸せになってね、高嶺』

そしてその言葉を最後に、俺に返事をさせないまま、一方的に通話が切れた。

ツーツーツーと、通話が切れたことを知らせるスマホ。それを持った手をがくんとおろした俺は、ベランダの手すりをつかみ、しゃがみこんだ。

「……あー、不意打ち……」

なんでこいつは、こうなんだよ。

声が、耳から離れない。

「寝れねぇよ、くそ」

こいつにだけは、兄貴の真似事をした笑顔を向けたくない。いつの間にか、強く、そう思うようになっていた――。

俺はスマホを握り直すと、電話をかけた。

間もなく、スマホの向こうから声が聞こえてくる。

『もしもし？　朝陽？』

聞き慣れた、美織の声だ。

「ごめんね、こんな時間に」

『ううん。どうしたの？』

「明日の待ち合わせ場所、変更してもいいかな」

＊＊＊

日直の仕事を終えて、少し遅くなった下校中、偶然流れ星を見つけた。急いでスマホで調べれば、今日は流星群だったらしい。

それをどうしても伝えたくて、高嶺に電話をかけた。

『幸せになってね、高嶺』

そう言って、一方的に通話を切る。

そのとたん、ぽたっぽたっと、コンクリートに黒い染みができていく。次から次へと落ちていくそれは、涙だった。我慢していた感情が、枷が外れてあふれるように頬を伝う。

「高嶺……」

その名を呼ぶ声が震え、濡れていた。

空を見上げる。涙でぼやけて、星が見えない。

だけど、今きっと高嶺と同じ空を見上げてる。

もう、これで終わりにするから。高嶺を思うの、やめるから。

そう決めて、電話をかけた。

「ふ、う……」

ああ、もう。なんで、こんなに涙止まってくれないんだろ。

頭の中に浮かぶのは、高嶺との思い出ばかり。

——出会った頃の印象は最悪だった。

でも、あたしのことを何度も助けてくれた。心の中にすっと入ってきて、あたしが欲しい言葉をくれた。

いっつもムカつくくらいかっこいいくせに、笑うとたんにあどけなくなって。

高嶺の笑顔、ほんとに、好きだったなあ……っ。

「うう……」

涙は、ぬぐってもぬぐっても、ぬぐいきれない。

高嶺が幸せになりますように。それ以外、もうあたしに願うことなんてない。

「俺、ずるいんだよ」

あたしの高校の図書室は、利用人数が極端に少ない。その理由は、各教室に新刊の文庫本が配布されるようになっているからだ。読書を推進するため、本を生徒の身近に置くようにしたとかしないとか。

でもそしたら、図書室いらなくなっちゃうんじゃや、とあたしは思うんだけど。

そういうわけで、昼休み以外、図書室を利用する人はほとんどいない。放課後になって掃除に来た今も、静まりかえって人の気配がない。

換気しなきゃと、窓に向かって図書室を進んだ、そのとき。

「……お嬢さん、お嬢さん」

「えっ⁉」

突然どこからか声が聞こえてきて、あたしは思わず飛び跳ねた。

一番奥のテーブルの陰――そこに、彼はいた。

「ちょっと！　こんなとこでなにしてるんですか、充樹先輩っ」

「つっちゃん、久しぶり～」

椅子を並べて、その上に寝転がり、ひらひらとこちらに手を振る充樹先輩。

おばけかと思った……！　まったく人の気配しなかったんだけど……。

「いやー、この前はつっちゃんにつまずかれちゃったからさ、俺も頭を使って椅子でベッド作ってみたんだよ」

「そうじゃなくて……」

はぁ、桜庭節全開だわ……。どこから突っこんでいいの、これ。

「つっちゃん」

「なんですか」

またボケ倒す気ですか、とじろりとにらむ。

だけど、充樹先輩は相変わらずにこにこ笑っていて。

「重大なお知らせです。今日は、水曜日です」

「あ」

また。懲りずにまた、やってしまった……。

水曜日は、掃除がない。それだというのに、のこのこ掃除場所に来てしまった。充樹先輩と出会ったあの日も、まったく同じことをしでかしたんだったな……。

充樹先輩がお手製の椅子ベッドから起きあがり、あたしの方へにこにこしながら歩み寄ってくる。

「つっちゃん、なにかあったね？　わかりやすいなー」

うん、もうあたしも同感です。

充樹先輩は目の前までやって来ると、後ろで手を組みつつ腰を折り、あたしの顔をのぞきこんできた。そして、静かに聞いてくる。

「告白、うまくいった？」

告白、か。ほんと、なんでこの人に隠しごとができないんだろ。……きっと、あまりにまっすぐ見つめてくるからだ。

「告白は、しませんでした」

「え？　どうして……」

目を瞬かせ、充樹先輩が驚く。

あたしは、目を伏せた。

「高嶺のこと、混乱させたくなかったから。あたしが告白したら、なにかが変わっちゃう気がして」

たぶん、高嶺は美織さんを大切に思ってる。そこに恋愛感情がないとしても。

ふたりには幸せになってほしい。それなのにあたしが変に介入したら、ふたりはまた幸せから遠ざかってしまうんじゃないかって、そう思う。

どうしたらふたりは幸せになれるのか、あたしには正直答えがわからないけど。

「そっか」

「でも自分なりに、けじめはつけました」

昨日の高嶺への電話が、自分の答え。

少しずつ、高嶺への気持ちを消化していく方に持っていかないと。好きって気持ちに、いつまでもしがみついてるわけにはいかない。

あたしは、眉を下げて笑った。そして、あたしのせいで沈《しず》んだ空気を明るくするように、おどけたふうに笑う。

「すいませんでした。せっかく、相談にも乗ってもらったのに、こんな結果になっちゃって。ほんと、なにやってんだーって感じ……」

と、そのときだった。あたしの声を阻むように腕をつかまれ、強い力で体を引きよせられたのは。

気づけば、あたしは充樹先輩の腕の中にいて。

抱きしめられてる……？　そう理解したとたん、びくっと体が揺れる。男性への恐怖心が、一気に心と体を襲う。

「ちょっ……」

「離れないで」

「え？」

いつもとは違う充樹先輩の必死な声音に、あたしは思わずあがこうとした動きを止める。

「俺、ずるいんだよ。弱ってるところにつけこんじゃうくらいには」

「充樹、先輩……？」

「──つっちゃん、好きだよ」

「え？」

な、に──？

先輩があたしを抱きすくめたまま、耳もとでささやく。

「ここで出会ったあのときから、ずっと君が好き。自分を偽らない、まっすぐな君が好きなんだ」

「……っ」

充樹先輩の声が、エコーがかかって聞こえた。すぐそばから聞こえてくるのに、現実ではないかのように。

やがて、すべての音が消えたような、そんな錯覚におちいった。

「ごめんね、ありがとう」


『悠月って、好きな子いないの？』

『いねぇし、そういうの興味ない』

『えー、もったいない』

『はぁ？　なにそれ』

『悠月もいつかわかるわ。好きな人ができるのが、幸せなことだってこと。世界がその人の色に染まって見えるの。だから私、朝陽と付き合ってる今が一番幸せなの』

その言葉どおり、幸せそうにふにゃって笑う美織。大きな目がアーモンド型に弧を描く。

これが、〝美織の〟笑顔。いつだって美織はそうやって笑ってた。幼なじみの兄貴と俺を、その笑顔に巻きこんで。

――だけど、兄貴が死んで、その笑顔は消え去った。まるでずっと幻を見ていたかのように、跡形もなく。

泣くことも忘れた美織は、兄貴の葬式で倒れた。

あの日。俺は、控え室の長椅子に横たわる美織に付き添っていた。

倒れて一時間ほど経った頃、美織がようやく目を覚ました。

『……ん』

美織が目を覚ましたことにほっとしつつ、声をかける。

『美織。気づいた？　待ってろ、今おばさん呼んでくるから』

パイプ椅子から立ち上がり、控え室を出ていこうとした、そのとき。

『嫌っ、ここにいて』

俺の腕は、美織によってつかまれていた。

振り返れば、上半身を起こした美織が、今にも泣きだしそうな悲痛な表情を浮かべていて。

『でも』

『行かないで、朝陽……っ』

『……え？』

美織の口から飛び出した言葉に、血の気が引いていく。

今、なんて――。

『私をひとりにしないで……。いなくなったりしないで、ずっと隣にいて……っ。

ねぇ、お願い、朝陽、朝陽……』

聞き間違いでも言い間違いでもなかった。美織は叫んだ。俺の目を見つめて兄貴の名を。壊れたように何度も何度も。

あの日、俺の腕にしがみついた美織の手の感触は、今もまだ覚えてる。ぎりぎりと、俺の腕に食いこんでくる美織の手。それが、美織の必死さだった。ひとりにされないように、置いていかれないように。

電車に揺られながらあの感触を思い出し、俺は窓にもたれかかるようにして外を眺《なが》めた。

「朝陽、ごめんね！　待った？」

美織の声が聞こえてきて、俺はポケットに手を入れたままそちらを振り返った。美織が駆けよってくる。俺はやわらかい笑顔を浮かべた。

「いや、待ってない」

「ふふ、朝陽はやっぱり優しい。ほっぺ、冷えてるじゃない」

美織が背伸びをして、俺の頬に手をあてた。温めるようにしてふれたあと、ゆっくりとその手をおろし、微笑む。

「ねぇ、朝陽。急きょ場所変更なんて、どうしたの？」

俺を見上げ、首をかしげる美織。その瞳は、純粋で無垢で。

悲しみで濡れないよう守ってきたつもりでいた、美織の瞳。だけど俺はこれから、
あなたを傷つける。

場所を変更し、美織に来てもらったのは、海が見わたせる大きな橋の上。ここは
──兄貴と美織が初めてデートしたところだ。

俺は覚悟を決めて、息を吐くように声を出した。

「美織に、話したいことがある」

「話したいこと？」

美織の問いにうなずき、目を伏せる。

「……美織、ごめん」

「え？」

「なかなか言いだせなくて」

──『まちがえたら、少しずつ修正していけばいいんだよ。過去に戻ることも、今
にい続けることもできないんだから』

俺は顔を上げ、美織の瞳を見つめた。もう、迷わない。

「……俺、進みたい道ができた。だから──」

「やだなぁ」

別れよう、そう続けようとした俺の声をさえぎるように、美織がおどけたように笑った。

「一番最初にそれ言っちゃうの？　デート、楽しみにしてたのに」

「美織？」

「……うん、わかってるよ。あなたが言おうとしていること」

「え……？」

美織はうつむき、ぎゅうっとセーターの裾《すそ》を握りしめている。

「……本当はね、わかってたの。全部、全部。いつかこうなることも、わかってた」

ぽつりぽつりと落とされた想定外の美織の言葉に、思わず目を見開く。

「わかってたって……？」

思考がついていかないまま問うと、美織は弱々しい微笑を乗せた唇を再び開く。そしてその動きとリンクするように、美織の声が耳に響いてきた。

「あなたが、朝陽じゃないこと。朝陽はもうこの世にはいないこと。……だから、もう、こんな関係はやめるべきだった」

「……っ」

想像すらしていなかった美織の告白に、言葉を失う。

美織は切なさに染まった表情を浮かべていた。けれど、瞳はなにかを決心したような揺るぎない強さを持っていて。

「ごめんね、私から言いだささなきゃいけなかった……。本当はずっと前からこうするべきだったのに、あんまりあなたが優しいから。一生懸命朝陽になろうとしてくれたから。だからその優しさに甘えてた……」

遠い目をする美織。その瞳の先にはきっと、兄貴。

「本当にごめんね。あなたを縛《しば》りつけてしまうくらい、朝陽がいなくなったことを受けいれられなかった……」

「美織……」

瞳を閉じた美織の頬を、ひと筋の涙がすべり落ちた。

「大切にしたい人ができたんだよね。朝陽になろうとしてくれたけど、気持ちまでは朝陽と同じになれなかった。それも、気づいてた。だってあなたから私にふれたこと、一度もないもの」

美織の言葉に俺はうつむく。

「でも、そうしていてくれなかったら、たぶん引き返せないところまで壊れてた」

「……………」

気の利いた言葉が、なにも出てこない。美織の言葉が、すべての的を射ていた。

「つかさちゃん、だよね？」

ふいに美織の口から出たその名に、俺は思わず顔を上げた。

「最初、あなたに大切な存在ができたのかもって気づいたときは、さみしかった。朝陽になろうとしてくれるあなたのことを、離したくないって思った」

静かに声を紡いでいく美織。

「でも、つかさちゃんがいなくなったって電話がかかってきたとき、初めてあなたが朝陽を演じることを忘れて、私の前で素を見せたの」

「……っ」

遊園地でつかさがいなくなった、そう電話がかかってきたとき、美織と一緒にいたことを思い出す。

あのとき……。

あせっていたせいで、美織の前で朝陽を忘れていたことなんて、全然気づかなかった。

「この前偶然会って、それで女の子だってわかって、あなたの心の中にいるのはこの子なんだろうなって気づいた。だから、あの子の前で朝陽の名前を出したの。私にとってそれは、大きな賭《か》けだった」

そしてひと呼吸置き、「あの子に、私とあなたの行く末を託したの」そう言って、美織が大人びた笑みを控えめに浮かべる。

俺は再び顔を伏せた。

——最初は俺の本性を見抜くあいつが、ただ邪魔だと思った。でも、ほかのやつらと違う反応に興味が湧いてきて。そしてからかっているつもりでいるうちに、あいつはいとも簡単に俺の心の中に入ってきた。

気持ちを読まれないことだけが特技だったのに。あいつは俺が欲しい言葉ばかりをくれるから。

『高嶺が不器用で意地悪だけど本当は優しいってこと、知ってる』

『高嶺が消えたら嫌なんて、そんなのあたりまえに決まってんでしょ、ばか』

そうやって、真正面から俺のことを肯定してくれた。俺のことを見てくれた。

……ずっと、俺の人格なんて消えてもいいと思ってた。

高嶺朝陽でいることが、いつしか存在意義になってた。朝陽でいれば、俺は生きていていいんだと、そう思えたから。

どうしたら兄貴みたいにまわりから好かれるか、常に相手の顔色をうかがいながら行動していた。だけど朝陽としての計算づくめの言動によってちやほやされても、むなしさはどうしたってつきまとっていた。

たぶん心のどこかでは、認めてほしかった。朝陽じゃなくて、悠月を。俺が存在していてもいいってことを。

髪に隠れるようにして開けたピアスの穴も、きっとその表れだった。

美織のためだと言いながら、本当は俺自身が許されたかったのかもしれない。

そんな俺のことを、あいつは見つけてくれた。本当の俺も、なにもかも受けいれてくれた。

あいつに対していだく自分の気持ちに気づいて、一旦はあいつを避けて気持ちを消そうとした。でも、もう手遅れだった――。

「ごめん、美織。朝陽になってやれなくて、ごめん……」

こぶしを握りしめ、振りしぼるように謝罪する俺に、美織が首を横に振る。

「謝らないで……？　そうさせてしまった私が悪いの。たくさんがんばらせちゃったね。でももう私のためにがんばらなくていいよ」

「美織……」

美織は必死に笑顔をつくって、それを俺に向ける。

守らなきゃと思っていた美織が、今はすごく強く見える。

涙で潤む美織の瞳。今まで、こんなにも強い意思を表していただろうか。

「でも、俺のせいで、兄貴が死んだ。美織から俺が……兄貴を奪った……っ」

美織の笑顔に刺激されるようにして、胸につかえていた罪悪感がこぼれる。

すると、美織が何度も首を横に振り、俺の手を取って握りしめた。

「違うよ、違う」

そして、涙をこらえながら声を張りあげる。

「生きていてくれて、ありがとう……」

「え……」

まっすぐに胸に飛びこんできた言葉に、俺は目を見開いた。声が、胸が、つまる。

だって、想像もしなかった言葉だった。

なんで、そんなこと——。

「事故は、もうどうしようもできない現実。でもね、あなたがいてくれなかったら、私は朝陽のあとを追いかけてた。私が今ここにいるのはあなたのおかげなの。心が壊れかけたとき、あなたが隣にいてくれたから」

「美織……」

「もう自分を責めないで。自分を許してあげて。朝陽ね、よく言ってたんだよ。あなたのこと、自慢の弟だって」

「兄貴が……?」

「何歳になっても、かわいくてしょうがないって。お兄ちゃんである俺が、なにがあっても守ってやるんだって。だからね、朝陽は、大切なあなたを守れたことを誇りに思ってるはずよ」

「……っ」
『朝陽さんの気持ちはどうなんのよ……！』
どこからか、あいつの声が聞こえた。
『悠月』
続けて、兄貴の優しい笑顔が脳裏に浮かんだ。
思い出さないように封印していたあの日の記憶が蘇る。
——事故にあった日。
倒れた兄貴を抱きおこすと、腕の中の兄貴は、弱々しくもおだやかに微笑んでいた。
『悠月、無事……？』
『俺は大丈夫だけど、兄貴が……っ』
『よ、かった……。無事、で……』
そう言い残し、兄貴は力が尽きたようにまぶたを閉じた。
それが、俺が兄貴と交わした最期の会話だった。
……ああ、そうだ。あの人は、最期まで俺を守ろうとしてくれた——。
「……兄、貴……っ……」
——そして。ひと筋の涙が、つーっと頬をすべり落ちた。
それは、あの事故の日以来、初めて流した涙。

なんで俺は兄貴の気持ちを忘れてたんだろう。こんな俺の姿を見て、兄貴が喜ぶはずないのに。

俺を励ますように、美織が俺の手を握る手に、ぎゅっと力を込める。

俺より三つも年上なくせに、小さな手。だけど、どんな心をもほだすくらい温かくて。

「朝陽の分まで生きよう。前を向いて歩きださなきゃ。ふたりして立ちどまったままでいたら、朝陽に怒られちゃう」

「美織……」

「ひとりになるのが怖かったけど、私はもう大丈夫。卒業しないと。あなたからも、弱い自分からも、朝陽からも」

「……っ」

俺たちは兄貴に依存《いぞん》していたのかもしれない。優しくて完璧な兄貴に。

きっとふたりで、突然なくなった途方もないくらい大きなすき間を必死に埋めようとしていたんだ。

俺たちは弱かった。弱いから、ふたりでいないと存在できなかった。兄貴という過去にしがみつきながら、遠回りばかりの人生を歩んできてしまった。

「……人生って、少しずつでも修正きくんだって」

「え？」

俺がぽつりとこぼした言葉に反応して顔を上げた美織に、微笑みかける。

「あるやつの受けうりだけど、俺たちも修正していけるよな」

すると、込みあげてくる涙をこらえるように、美織が口をへの字にする。

「うんっ……」

自分に言い聞かせるように何度もうなずき、それから彼女は顔を上げた。

頬は涙で濡れている。でもその顔に浮かんでいたのは、兄貴が死んでから初めて見せた、あの〝美織の〟笑顔だった。

「今までずっと隣にいてくれて、ごめんね、ありがとう——悠月」

chapter 4

「こんなのあきらめらんねぇよ、全然」


「信じられない?」

しんと静まりかえった図書室に、充樹先輩の声がそっと響く。

あの充樹先輩が、あたしを……?

混乱して、頭の中で咀嚼しきれなくて、言葉が見つからずに充樹先輩の腕の中で身を固めたままでいると。

「好きだよ」

再びそう告げ、充樹先輩が体を離した。そしてあたしの肩をつかみ、まっすぐに目を見つめてくる。

「俺と付き合って、つっちゃん」

「……っ」

誠実で、温かいその眼差し。

今、この優しい人にすべてを委ねられたら、どれだけ幸せだろう。

でも――。あたしは下唇を噛むと、頭を下げた。

「……ごめんなさい」

「つっちゃん……」

充樹先輩が、あまりにもまっすぐ見つめてくるから。だからこそ、この人に返す気持ちだって、まっすぐじゃなきゃだめだ。

「正直、まだ高嶺への気持ちを消せてない……。こんな中途半端《ちゅうとはんぱ》な気持ちで付き合ったら、充樹先輩に申し訳ないです」

高嶺を忘れるために充樹先輩の気持ちを利用するなんて、そんなことしたくない。

高嶺への失恋があるからこそ、理解できた。その気持ちが、どれだけ真剣でまっすぐなものなのか。そして、好きって想いを伝えることが、どれだけ勇気のいることなのかも。

「充樹先輩の気持ち、すごくうれしかった……。こんなあたしを好きって言ってくれて。この言葉が正しいかわからないけど、本当にありがとう、充樹先輩」

トラウマがある告白に対して、嫌悪感もなく疑心暗鬼《ぎしんあんき》にもならずにその気持ちを受けとめられたのは、充樹先輩の告白が疑う余地もないほど誠実だったたから。

自分に、こんなにも向き合おうとしてくれる人がいるなんて。

きゅっと口角を上げて笑みを浮かべると、ふいに腕を引かれ、再び抱きしめられた。

「ちょっ、先輩っ……」

あわてるあたしを他所《よそ》に、あたしの肩に顔をうずめるようにして、充樹先輩が大きく息を吐く。

「あ〜、やっぱり好きだな〜」

「えっ？」

「まだ好きでいさせて。高嶺くんのことなんて、俺がすぐ忘れさせてあげるから」

「充樹、先輩……」

「それでもいい？」

切実な声音が、あたしの胸に響いてくる。

ずるい。そんなふうに言われたら、うなずくしかできないじゃんか。

「……はい」

あたしはそっと、充樹先輩の背に手を回した。いつの間にか手の震えは止まっていた。


翌日。登校すると、校舎に入ってすぐの場所にある掲示板付近が騒がしくなっていることに気づいた。

何事だろうと横目に見ながらも、たいして気にせず下駄箱にローファーをしまっていると。

「つかさちゃんっ」

どこからか、とんでもなくかわいい声が聞こえてきた。……この声は！

「乃亜たんっ！」

思わず声のトーンが五くらい上がる。

廊下の方に視線を向ければ、先に登校していた乃亜が、あたしのもとへ駆けよってきていて。

ああ、もう、今日もなんてかわいいの……！

でへでへと顔をゆるませて、こちらに走ってくる乃亜を見ていると、乃亜の表情がパニックの色に染まっていることに気づいた。

「つかさちゃん、あのね、大変！」

んもうっ。手をばたばたさせてる乃亜も鼻血級にかわいいんだけど。

でも、なんだか今はそれどころじゃなさそう。

「どしたの？　乃亜」

「校内新聞につかさちゃんたちがのってるの！」

「へ？」

……そういえば、あの人だかりって……。

ふと勘づいて人だかりの方に顔を向ければ、みんなやっぱり壁に貼ってある校内新聞に注目していて。

あたしたちがのってるってどういうこと……？

状況がわからず、その人だかりに駆けより後ろから校内新聞をのぞくと、でかでかと書かれた見だしが見えた。

【スクープ！　だれもいない図書室で抱きしめあうふたり……】

その見だしの隣の写真に写っているのは、まちがいなく充樹先輩とあたし。

「……っ」

うそ……。昨日の、見られてたなんて……。

名前は非公表になっているものの、顔にかかるぼかしが薄いため、見る人が見ればあたしたちだということはわかる。

見られていた上に、写真まで撮られてさらされていることに、恥ずかしさと怒りで耳が熱くなる。

だけど、すぐにあたしの意識は一番大きな見だしへと向けられていた。そこには。

【女子生徒大ショック‼　高嶺の王子には、年上の彼女がいた⁉】

そんな見だしとともに、高嶺と美織さんの写真があった。私服姿でデートしていた、などと記事につらつら書いてあって。

「なによこれ……」

思わずかすれた声でつぶやくけど、みんな学級新聞に夢中になっているせいで、当事者がここにいることなど、だれも気づかない。

怒りよりも、ショックで手の先が震える。

高嶺と美織さんの関係を知っているからこそ、公になってほしくなかった。こんなミーハー心で、ふたりのことを話題になんかされたくないのに。

と、そのとき。キャーッと騒ぐ女子たちの黄色い悲鳴が、背後から聞こえてきた。

振り向けば、高嶺が登校したところで。

あっという間に女子に囲まれる高嶺。

「高嶺くんっ！　校内新聞のこと、本当なのっ？」

飛び交うのは、やっぱり彼女疑惑に関することばかり。

「え？　校内新聞？」

異変に気づいたらしい高嶺が、掲示板の校内新聞に目を向ける。

高嶺の視線が美織さんとの写真に注がれ、そして隣の写真に移った瞬間、微かに目が見開かれた。

高嶺の視線の先には——あたしと、充樹先輩の写真。

あ……。誤解、されちゃう……。

……って、なんで高嶺の反応なんて気にしてるの、あたし。もう、高嶺には関係ないことなのに。

「その人と付き合ってるの⁉」

「うそだよね、高嶺くん……！」

高嶺のまわりが、再び女子たちの質問で埋めつくされる。高嶺がなんて答えてるのかは、喧騒にかき消されて聞こえてこない。

と、そのとき。ふいに、高嶺がこちらを見た。

ばちんと視線が交わりあって、高嶺がなにか言おうとするかのように口を開きかける。

それと、ほぼ同時だった。

「あっ！　私、今日日直だった！」

弾けるような声が耳に届いたのは。

突然隣から聞こえてきたその声に、あたしの意識が持っていかれる。

「え？」

隣を見れば、乃亜があせった顔でこちらを見上げていて。

「ごめんねっ、職員室に日誌取ってくる……！」

「あたしも付き合うよ」

「えっ、いいの？」

「うん」

「えへへ、ありがとう。つかさちゃんのことで、頭がいっぱいだった〜」

そう言って頭をかきながらはにかむ乃亜に微笑み返し、それからもう一度高嶺の方に視線を向けると、高嶺はまわりの女子たちの対応に追われ、もうこちらを見ていなかった。


……なんか。高嶺が、変わった。

朝陽さんの仮面が外れたみたいな、ずっとこわばっていた肩の力が抜けたみたいな、そんな印象を受ける。

相変わらず対応はいいし、どんな頼まれごとも受けているけど、すごく自然体に近づいた感じ。無理してる感じが、しなくなった。

校内新聞に掲載されていた、デート中だと思《おぼ》しき高嶺と美織さんの写真が頭をよぎる。

……昨日なにかあったのかな、美織さんと。

ななめ前の席。ついつい高嶺の様子をうかがってしまう。

幸せの方へ向かっていけているのなら、よかった――。

そして放課後。乃亜が部活に行ってしまい、あたしはクラスの女子三人と教室で話に花を咲かせていた。話題はもっぱら、校内新聞のこと。

「まさか、つかさが桜庭先輩とあんなことになってるとはね～」

「ちょっと、やめてよ」

つんつんと脇腹をつついてくる指を押しのけながら、抗議の声をあげる。

だけどそんなものの効力は、人の色恋沙汰に好奇心しかない三人の前では、まったくもって皆無《かいむ》だ。それどころか、火に油状態。

「いいないいなー。桜庭先輩、人気あるじゃん。どうやっておとしたのよー」

「いや、まじで、そういうんじゃないから」

「で？　桜庭先輩、なんか言ってきた？」

授業中、スマホにメッセージで【これで公認だね】って送られてきたけど……。うん、それは言わないでおこう。さらに厄介《やっかい》なことになることは、目に見えてる。

「うーん、今日会ってない」

「え～」

おもしろみのないあたしの答えに、わかりやすく落胆する三人。だけどすぐにまた、しおれたと思った好奇心はむくりと芽を出す。

「ねぇね、知り合ったきっかけって、なんだったのっ？」

「なんて呼ばれてるの⁉」

そうして三人からの集中砲火を浴びること、二時間。気づけば、六時になっていた。

校舎が施錠される時間まで残るという三人と別れ、あたしはひと足先に学校を出る。

もう、くたくた……。まったく、人が今までまったく男関係に食いついてこなかったからって、ここぞとばかりに質問ぜめしてきてさぁ……。

気力を吸い取られ、よたよたしながら校門を出た、そのとき。

「おせぇよ」

どこからともなく聞こえてきたその声に、心臓がびくりと跳ねた。

声がした方に視線を落とし、その人物の正体を認識するなり、思わず目を見開いて大声をあげる。

「高嶺っ？」

学校の外壁を背にして、校門の前にしゃがみこんでいたのは、まさかの高嶺だった。

「うん、高嶺だけど」

そう言いながら、よっこいしょと立ち上がる高嶺。

「こ、こんなとこでなにしてんの？」

「お前のこと待ってたんだよ」

「え？」

予想外の言葉に、思わず目を見張る。

あたしを待ってた？

「ほかのやつに送らせたくないから」

「なっ……」

「ほら、帰んぞ」

「ちょ、ちょっと待って……！」

ひとりで話をつけて歩きだす高嶺のあとを、あわてて追いかける。

「高嶺、家反対だし……っ」

「こんな時間に、ひとりで帰らせられるかよ」

高嶺はあたしのことなんて気にせず、歩を進める。

もう、強引だなあ……。こうなったら、あたしがなんて言おうと、聞く耳を持たないんだろう。

「じゃあ……お願い」

観念してそう言えば、高嶺は少しだけトーンを上げた声で「ん」と返してきた。

部活がまだ終わらない中途半端な時間だからか、まわりを歩く学生の姿はない。

なんとなく言葉が見つからずに高嶺のあとをついて歩いていると、六時になると薄暗い、そんな季節になっていたことを実感する。

最近、季節の移り変わりを感じる余裕もなかったな……。

高嶺と出会う前は、こんなに毎日めまぐるしくなんてなかった。ただひたすら乃亜にメロメロになって、癒されて、その繰り返し。そんな毎日が幸せで、このまま高校を卒業していくんだと思ってた。

それが高嶺と出会ってからは、一〇〇%乃亜専用だった思考回路に、高嶺が割って入ってきた。こんなにもあたしの世界を変えちゃった高嶺の存在は、いろんな意味ですごく大きいんだと思う。

ふと、今朝の高嶺のことを思い出した。

そういえば、目が合ったあのとき、高嶺なにか言おうとしてたっけ。なに言おうとしてたんだろ。

そんなことに考えが及んだ、そのとき。

「つかさ」

ふいに、高嶺があたしの名前を呼んだ。

「ん？」

顔を上げると、高嶺がこちらに背を向けたまま、ぽつりと声を発した。

「この前は悪かった」

「え？」

予想外の言葉に、あたしは目を見張る。

「めちゃくちゃネガティブなことばっか言って。そうとう感傷的になってた」

ふと、朝陽さんの命日のことが、頭をよぎる。

「高嶺……」

高嶺の言葉を待つように、少し先を歩く背中を見つめる。

「これからは、兄貴になるんじゃなくて、俺なりに兄貴を目指そうと思う。憧れで尊敬してることには変わりないから。親にも認めてもらいたいし。弟だって、がんばってるってこと」

そこまで言って、高嶺が肩越しに振り返った。

「もう大丈夫だから。つかさのおかげで、前に進めた」

あたしに向けられるのは、すごくおだやかな微笑。憑《つ》き物が取れたみたいに、晴れ晴れとしていて。

あまりにも綺麗な笑顔に、あたしは思わず目を奪われていた。

……ああ、高嶺の中で、ちゃんとケリがついたんだ。

強いね、やっぱり高嶺は強いよ。あたしのおかげなんかじゃない。高嶺が一歩を踏みだして、そうしていろんなしがらみに勝ったんだね。

美織さんにも受けいれてもらえたのかな、朝陽さんじゃなくて高嶺自身を。

言いたいことはたくさんあるはずなのに、どれもうまく言葉にできなくて。

「よかった」

高嶺が消えなくて、ほんとに、よかった。

あたしは笑顔で、一番に胸に浮かんだひと言を返した。

すると、なぜか高嶺が不満そうな声をあげる。

「なぁ。なんかもっとしゃべれよ」

「なんかって……」

「お前の声が聞きたい」

「え……？」

そういうこと急に言うの、やめてくれないかな。こっちは不意打ちくらってるんだよ、ばか。

普通なら、からかってるんだろうですむ話なのに、高嶺の声があまりにもまっすぐ胸に届いてくるものだから、言葉の真意がわからなくなる。

「……エビフライっておいしいよね」

「なんだよそれ」

「だ、だってあんたがなんかしゃべれなんて言うから！」

「会話の引き出し少ねー」

そう言って高嶺が吹きだす。

あ、高嶺が笑ってる。久しぶりに見たかも、こんな無防備であどけない笑顔なんて。

それからあたしは延々とエビフライの魅力について語る羽目になった。

こんな話ちっともおもしろいはずなんてないのに、なぜか高嶺は満足げにあたしの話に耳を傾《かたむ》けていた。


やがて、あたしの家の前までやって来た。あたしは足を止め、高嶺に向き直る。

「送ってくれて、ありがと。高嶺」

授業終わりから、きっとずっと待ってくれていたんだろうし。あの高嶺が、そう思ったらなんかちょっとかわいくて、笑えてきちゃうけど。

「高嶺も気をつけて帰ってね」

そう言って、踵を返したそのとき。ふいに後ろから腕をつかまれた。

ぐんっと反動で体が止まる。

「――なっ」

「お前さ」

振り返れば、高嶺があたしを見つめていた。振りきれないほどまっすぐに。

「なに？」

そう聞くよりもはやく、高嶺が再び口を開いていた。

「付き合ってんの？　桜庭と」

「えっ？」

なに、急に！

まさか充樹先輩の話題を振られるとは思ってなかったあたしは、ふいをつかれてわかりやすくあせってしまう。

「どうなんだよ」

「つっ、付き合ってないから！」

「それ、ほんとかよ」

まったく信じていないというように、ジト目でこっちを見てくる高嶺。

うう。さっきのおだやかな笑みはどこへやら、なんか高圧的なんですけど……。

でもうそはついていない。

「告白、は、されたけど」

変に隠すと余計ややこしくなると踏んだあたしは、正直に事実を述べる。

すると、高嶺がわずらわしげな表情で、チッと舌打ちをした。

えっ⁉　今、この人舌打ちした……⁉　どこに高嶺を怒らせる要素あった⁉

「ちょっと、今舌打ち……！」

「だったら、簡単に抱きしめられてんじゃねぇよ、ばか」

いつもより低めのトーンで、怒りをぶつけてくる高嶺。

「はぁっ？　そんなの、あんたに関係なっ……」

「――関係なくねぇよ、ちっとも」

なん、で……。

高嶺の声はどうしてこんなにも、迷いがなくあたしの胸へ響いてくるんだろう。

「勝手なこと言わないで……」

そう言って、視線から逃れるようにバッとうつむく。だけど。

「お前隙ありすぎ」

そんな声とともに、逃さないとでも言うように顎をつかまれた。

……やめて。今、顔上げたら……っ。

そんなあたしの思いなんて軽く一蹴《いっしゅう》するように、高嶺にくいと顎を軽く持ちあげられ、あたしの顔はあっけなくさらされてしまった。

「……っ」

眼前の高嶺が、目を見開く。

……ああ、最悪だ。見られてしまった。真っ赤になった顔を。

だって、高嶺があんまり都合よく解釈できることばっかり言うから。

「離して……っ」

なぜか負けたような気分になって、そう声を張りあげ、高嶺の手を振りはらおうとした、そのとき。高嶺の顔が近づいてきたかと思うと、脱力したように、額に高嶺のそれが重ねられた。

「……っ」

「俺、まだあがく余地ある？」

まつ毛がふれあうほどの距離で、高嶺が弱々しくささやく。

「え？」

「こんなのあきらめらんねぇよ、全然」

な、に？

理解できないうちに、額が離れる。

そして白い指が、あたしの唇をくいっと強くなぞった。

「んっ……」

「ここだけは、あいつに許すなよ」

唇に親指をふれたまま、あまりにもまっすぐ見つめてくる高嶺。

「これを好き勝手していいのは、俺だけだから」

「……っ」

意味、わからないよ全然。

「じゃあまた明日な」

そう言って、ポンとあたしの頭に手を置くと、歩いていってしまう高嶺。

……ああ。ムカつくくらい、これが高嶺だ。強引で、勝手で、不遜《ふそん》で、あまりにも甘い。

そして、言動の九〇％は意味がわからなくて、あたしをいとも簡単に振り回す。

高嶺がふれた場所が、そして胸の奥が、じんじんとうずいて仕方ない。

——だめなのに。高嶺への気持ちは、閉じこめたはずなのに。

「あいつは渡さねぇから」

「最近、女子高生を狙った不審者が出ています。みんな、気をつけるように」

朝のSHR中眠気が覚めずあくびをしていたあたしは、ふと耳に届いた担任教師のそんな話に、一瞬にして睡魔《すいま》を吹き飛ばしはっと目を見開いた。

むむむ……！　不審者だって⁉

思わず、少し離れた席に座る乃亜を見やる。今日も安定の三つ編み乃亜たんは、おりこうさんに先生の話を黙って聞いている。こんなかわいい天使を、不審者がうろつく野に放つなんて、そんなおそろしいことできない……！

というわけで。

「乃亜。あたし、乃亜の登下校が心配だわ……！　送り迎えしようか⁉」

SHRが終わるがはやく乃亜の席に駆けつけ、前のめりになって食いつくようにそう提案する。

だけど乃亜はそんなあたしを見上げ、ふにゃりと破顔した。

「ありがとう、つかさちゃん。でもね、大丈夫だよ」

一文字一文字が平仮名に思えるくらい、ふわふわとしたやわらかい声で乃亜が言う。

「大丈夫って？」

「おばさんが、不審者出るって近所の人に聞いたらしくて、宙くんに送り迎えしてもらうことになったの」

……なっ！　くっそ～!!　宙くんに先手を取られた。あわよくば、乃亜との登下校を楽しんじゃおうと思ったのに……！

あたしは心の中で頭を抱え、地団駄《じだんだ》を踏む。

あたしが言えたことじゃないけど、宙くんの過保護ぶりも大概だと思う。たまに、小さな雛鳥《ひなどり》に接する親鳥みたいに見えてくるし。

するとふと、乃亜が眉を下げて、不安そうな表情をつくった。

「それより、つかさちゃんこそ大丈夫？　つかさちゃんの家の方面、人少ないから心配だよ」

「えっ？　あたし？　大丈夫大丈夫！」

心配することなんてないと、ぶんぶん手を振る。あたしみたいな女子力皆無な女子高生、狙う方が時間の無駄だし！

「でも……」

乃亜が不安そうに発した声は、一時間目開始を知らせるチャイムによってかき消された。

この頃、週に一度は、充樹先輩とお弁当を食べるようになっていた。大抵《たいてい》は乃亜に部活の集まりがある曜日に、やっぱり場所はまちまちで。

今日も、充樹先輩とお弁当を食べる日。今朝のうちにメッセージで、多目的室集合との通達がきている。

そんな昼休み前の四限は、化学。化学室で行われていた授業が終わり、教科書やノートの片づけをしていると。

「おー、水内」

同じく隣で教科書を片づけていた乃亜が、黒板の前に立つ先生に呼ばれた。

化学の先生は、五十代後半のおじさん先生。ぽっちゃりとした体に白衣を身にまとっている。

「はいっ」

「ちょっと」

手招きされ、乃亜が先生のもとへ駆けよる。

そうしているうちにも、クラスメイトは続々と化学室を出ていく。その中には、宙くんと話しながら歩いていく高嶺の姿もあって。

少し経って、あたしが教科書を片づけ終えた頃、乃亜が戻ってきた。

「乃亜、教室戻ろ。ってあれ？　どうした？」

乃亜の様子が変。困り果てたように、ぱっつん前髪に隠れていない眉を下げている。

「ごめんね、つかさちゃん。係の仕事があるから、先に戻ってて？」

乃亜の係と言えば、化学の教科係だ。さっきの呼び出しは、仕事を頼むためだったに違いない。

ちらりとさっきまで先生がいた方に視線をやれば、もうその姿は化学室にはなかった。

「仕事って、なにするの？」

「顕微鏡を棚に戻しておいてくれって」

そういえば、教卓の横の大きなテーブルに、何台もの顕微鏡が置いてあった。あたしたちの授業では使わなかったから、前の授業で使ったりしたんだろう。

でも今日の昼休み、乃亜には部活の集まりがある。乃亜が困っているのは、きっとっていうか絶対そのせいだ。すでに、この時点で昼休みが始まって五分ほど経過してしまっている。

「大丈夫よ、乃亜。あたしがやっておくから」

「え？　でも……」

「部活の集まりあるんでしょ？　発表会の打ち合わせで大変だって言ってたじゃん。ほら、はやく行かないと、打ち合わせ始まっちゃう」

「でもつかさちゃん、今日桜庭先輩とお昼一緒に食べるんでしょう……？」

今にも泣きだしそうなくらい目をうるうるさせて、乃亜が聞いてくる。

「充樹先輩なら、大丈夫。連絡するから」

事情を伝えればわかってくれる。充樹先輩は、そういう人だ。

「……ごめんね。ありがとう、つかさちゃん……っ」

「うん！」

乃亜の後ろめたさを吹き飛ばすように笑顔で大きくうなずくと、乃亜は泣きそうな顔で笑い、教科書を胸の前に抱いて化学室を駆けでた。

乃亜のたたたと駆ける足音が遠ざかっていき、化学室はいよいよあたし以外だれもいなくなった。

充樹先輩に遅れる旨のメッセージを送り、さっそく顕微鏡の片づけにとりかかる。

まったく、こんな力仕事を乃亜ひとりに任せるなんて、許すまじ。乃亜の細い腕が折れちゃったら、どうするのよ……！

心の中で化学の先生に不満をもらしながら、棚に顕微鏡を一台ずつしまっていく。

四十台近くあるから、ただ運んで棚にしまっていくだけとはいえ、なかなか骨の折れる仕事で。

充樹先輩のこと待たせちゃってるし、はやく終わらせないと。

そして一番上の棚に顕微鏡をしまおうと背伸びをした、そのときだった。ふと急激なめまいに襲われたのは。

視界がぐわんぐわんと揺れ、顕微鏡を頭の上まで掲げた体がバランスを崩し、後ろに大きく体が傾く。

「あっ」

やばい、倒れる――。

その瞬間、背中がトン、となにかにあたった。

ふわりと舞うように、甘いにおいが鼻をくすぐる。

「え？」

倒れる寸前、あたしの体は後ろからなにかに受けとめられていた。

「お前あぶなすぎ」

続いて、耳もとでため息まじりに発せられた、艶《つや》のある声。

はっとして振り返れば、思っていたよりも近くで、その瞳はあたしのことを見おろしていた。

「高嶺……っ」

なんで、どうして、心の中から混乱と疑問があふれそうになって。あわてて体勢を整え、高嶺の腕から離れる。

「教室戻ったはずじゃ……」

「戻ったよ。でも水内さんがひとりで教室に戻ってきたから、お前になんかあったんじゃねぇかなって思って」

そこで一度言葉を止め、あたしが手にする顕微鏡をちらりと見る。

「そしたら案の定」

ああ、また、この声に揺れる。揺らいでしまう、心が。

ねぇ、高嶺。どうして、ここに来ちゃったの……？

「でも、もう大丈夫だから」

強がった言葉を乗せた声は、思ったよりも冷たいトーンで響いた。

突きはなす意思がみえみえ。だけど、高嶺は気にする様子もない。

「いいよ、どうせ暇だし手伝う」

「放っておけるわけねぇだろ。お前のこと」

「でもっ」

反論しようとしたあたしにかぶせるように、高嶺があたしをまっすぐに見つめて言った。

「どうして……」

「お前のことしか頭にないから」

「……っ」

言葉の意味なんて、考えたってなんにもならないのに。頭ではわかっていても、どうしても言葉をつまらせてしまう。

ぐっと目を伏せていると、高嶺のあきれたような声が聞こえてきた。

「つかさって、ほんとばかがつくくらいお人好しだよな」

なっ、いきなりなに言ってんの？

ムッとして顔を上げ、楯突《たてつ》く。

「なによそれ」

「絶対変な壺《つぼ》とか買わされるタイプだわ、お前」

「あっ、あのねぇっ……」

黙って聞いてれば、いけしゃあしゃあとなにディスってんの⁉

噛みつきかかったそのとき、高嶺が上体を倒してあたしの顔をのぞきこんできた。

「つーか、お前顔色悪い。ここはいいから、保健室で休んでろよ」

「な、なんともないから」

声をかたくして拒否すると、ふいに高嶺の腕が伸びてきて、あたしの髪に上から下へさらりと指を通した。

そのとたん、びくっと体が固まったように動けなくなる。視線が、吸いこまれるように高嶺の瞳に縫いつけられる。

「もっと自分のことも考えろってこと。人に頼ることも大事だって、お前が言ったんだろ」

「高嶺……」

高嶺がふっと目もとの力を抜く。こんなにやわらかかったのかと思うほど、その表情は朗らかで。

「ま、そう言っても、お前のことだから人の分まで全部自分で抱えこむんだろうけど。でも、俺には頼れよ。遠慮なんかしなくたって、お前のことくらい支えてやるから」

「……っ」

あたしは高嶺の視線から逃げるようにうつむき、下唇をぎゅっと噛んだ。

だめだ。はやく断ち切らないと。なにもかも。

「……はやく片づけて昼休みにしよ。あたし、約束があるから」

充樹先輩の顔が、脳裏に浮かぶ。これが、今のあたしの答え。

「あれ、棚にしまえばいいの？」

何事もなかったように机の上の顕微鏡を指さし、いつものトーンで高嶺が聞いてくる。

「そう」

「ん、わかった」

あたしの答えを受け、高嶺が顕微鏡に手をかける。

その後ろ姿を見て、ふと思う。前にも、こんなふうに手伝ってもらったことがあった。高嶺はなぜか、そういうときどこからともなく現れるんだよね。

「なんだよ、ばーか」

振り返った高嶺が、じっと見つめるあたしに気づき、ふっと破顔する。

「な、なんでもないっ」

あたしも顕微鏡を持ち、あわてて片づけを始めた。


それからふたりで作業をし、五分ほどでずらりと並んであった顕微鏡はなくなった。

「よし、終わり」

パンパンと手をたたきながら、高嶺が言う。

高嶺が上の段にしまってくれたおかげで、あたしの負担はだいぶ軽減した。

「手伝ってくれてありがと」

高嶺に向き合い、お礼を口にした。と、その時、あたしの視線は高嶺の髪にとまった。

「あ、ほこりついてる」

「え？」

ほこりに気づいていない様子の高嶺。

背伸びをすると、高嶺が上体を倒してきたから、黒髪についていたほこりをつまむ。

きっと、上の棚から降ってきたんだろう。あの高嶺が、ほこりまでかぶって手伝ってくれたなんて。

「ふふ、ほこりなんてつけてたんじゃ、高嶺《たかね》のプリンスの名が泣くね」

素直にほっこりした感情が込みあげてきて、踵をおろすと、思わずくすりと笑う。

と、そのとき。

「……行くなよ」

目を伏せた高嶺が、ぽつりとつぶやいたかと思うと、突然あたしの腕をぐっとつかんだ。

「え？」

「行かせない、桜庭のとこなんて」

強すぎるまなざしに、あたしは思わず息をのんで顔を背ける。

……なんで？　どうして？　どうしてこんなこと言うの？　わからない。わからないよ、高嶺。

「やっ、離して……っ」

「離したくない」

目を合わせないまま抵抗しても、高嶺の声が耳から入ってきて、脳に響く。心臓を容赦なく揺さぶってくる。

もう、もう――。

「そんなにあたしをからかって楽しいっ？　なんとも思ってないくせに、そんなこと言わないで……！」

高嶺の手を振りほどこうと抵抗しながら声を張りあげた次の瞬間、つかまれていたぐっと腕を引かれたかと思うと、高嶺の胸に引きよせられて。

あたしの体は、あまりにも簡単に高嶺の腕の中に包まれていた。

「――なんとも思ってないやつに、こんなことするわけねぇだろ」

しんとした教室に響く、高嶺の甘くも通る声に、あたしは思わず目を見開いた。

「え……？」

「いい加減気づけよ。鈍感ばか女」

つぶやきながらそっと体を離し、高嶺があまりにも優しい手つきであたしの顎をくいと持ちあげる。

視線の先に現れた高嶺の瞳が、あまりにも真剣でいつもとは違う熱を帯びていて、縫いつけられたかのように目をそらさなくなって。

まるで体の内側からたたいてるんじゃないかってくらいの鼓動の音が、脳髄《のうずい》にまで響く。

ふいに高嶺が、動けなくなったあたしの耳に口を寄せた。

「俺は、お前のことが――」

と、そのときだった。

「――つっちゃん……？」

空気を、そして高嶺の言葉を切り裂くように、突然聞こえてきた声。

聞き覚えのあるそれに、はっとしてそちらを見れば、充樹先輩が驚いたように目を見開いて化学室の入り口に立っていた。

「……っ」

「つっちゃん！」

「充樹先輩っ……」

一瞬、あたしを囲む腕がゆるんだ隙をついて、高嶺の胸をぐっと強く押し返し、充樹先輩のもとに逃げるように駆けよる。

これ以上、高嶺のそばにいられなかった。どうにか、なってしまいそうで。閉じこめたはずの感情が、今にも飛び出しそうで。

呼吸がおかしい。心臓に肺が押しだされるように、うまく息ができない。

「どういうつもりか知らないけど、彼女が嫌がるようなことしないでくれるかな」

充樹先輩がかばうようにあたしの前に立ち、高嶺を糾弾《きゅうだん》する。

「君に、俺たちの邪魔をされたくない」

聞いたことがないほどピシャリとした、充樹先輩の強い声。

少し顔を上げて高嶺の様子をうかがえば、なにか言いたげな複雑な表情で口を結び、充樹先輩を見つめていた。

あ……。こんな顔、見たことない――。

「高――」

「行こう、つっちゃん」

充樹先輩に、ぎゅっと手を握られる。あたしは充樹先輩に手を引かれるまま化学室を出た。

心臓が、落ち着きを取り戻せない。頭が、混乱している。高嶺がなにを考えているのかわからない。

歩いても歩いても、前に進んでる感覚がない。

「つっちゃん」

廊下を歩きながら、充樹先輩が声をかけてくる。ぼーっとしていたあたしは、その声にはっと我に返った。

「……っ、はい」

「来週の日曜、空いてる？」

「え？　空いてますけど……」

この状況にそぐわない話題に、戸惑いながら返事をすると、充樹先輩が肩越しにこちらを振り返った。

その顔には、さっきまでの張りつめた表情とは一転、おだやかな笑みが乗っていて。

「じゃ、デート行こうか」

まるで、そこのコンビニに行こう、とでも言うような軽いトーンで充樹先輩がとんでもない提案をしてきた。

「で、デート⁉」

「うん。ほら、俺が部活やってるせいで放課後デートできないじゃん？　だから、休日にどこかつっちゃんと出かけたいなって」

やけに明るい充樹先輩の声。

一方のあたしは、まったくもって心の準備をしていなかったせいで、心と頭がパニックだ。いや、まさか、デートに誘われるなんて。

「え、ええと……」

「だめ?」

小首をかしげ、充樹先輩がだめ押し。

うう、絶対この人、自分がきゅるるんな目をしてるってこと、わかってる……。

「……だめ、じゃないです」

「よし、じゃあ来週の日曜、空けておいてね」

断らなかったのは、きゅるるんとした目にやられたからというわけじゃない。元気づけようとしてくれてるのかなって、そう感じたから。

そして、ぐらんぐらんな自分の気持ちを、たしかなものにしたかった。

『どういうつもりか知らないけど、彼女が嫌がるようなことしないでくれるかな』

充樹先輩が高嶺に放った言葉に、ズキンと胸が痛んだ理由はわからなかった。

＊＊＊

「高嶺! 日吉さんが倒れたって!」

つかさが倒れたと、顔を真っ青にして教室に転がりこんできたクラスメイトから知らされたのは、教室に戻って少し経ってからだった。

机に座り、次の授業の準備をしていた俺は、手を止めてそいつを振り返る。

「は……？」

「今、運ばれて保健室にいるらしい……っ。人づてに聞いたからよくわかんねぇんだけど、学級委員長には言っておいた方がいいと思って」

「……っ」

あいつが倒れた……？

ドクンと、心臓が嫌なふうに鳴る。最悪な事態ばかりが、頭をよぎって。

「高嶺……！」

近くで一緒に話を聞いていた宙の、俺を呼ぶ声にはっと顔を上げれば。

「行ってあげて……！」

懇願《こんがん》するような宙の声に背中を押されるようにガタッと椅子から立ち上がると、返事をする間もなく教室を駆けでていた。

昼休みのためにぎわっている人の波をかいくぐって、廊下を駆ける。

桜庭とどこかに消え、あのあと、倒れたんだろう。化学室にいるとき、顔色が悪いとは思ってた。もっと強く、休むことを勧めればよかった。

どこで、どうして倒れたのか。さっきのあいつに聞いても答えは聞きだせなさそうだったから、保健室に向かうのが一番はやい。頭では理解していても、こんなにあせっているのは、嫌な予感がするから。

走っても走っても、水を蹴っているかのように、前に進んでいないような感覚。

大切なものを失う恐怖が、心を冷やす。

つかさがいなくなったら。あいつまで失ったら俺は……。

やがて、保健室までやって来る。そしてドアを開けようと、取っ手に手をかけたところで。

「日吉さん、この様子だと寝不足ね」

中から、だれかにそう伝える保健の先生の声が聞こえてきて、俺は少しドアが開いていた保健室の前で足を止めた。

寝、不足……？　……ったく……脅かすな、あのばか！

はーっと、怒りとあきれが入り混じったため息をつくと。

「それならよかったです」

中から聞こえてきた、もうひとりの声。

「運んできてくれて助かったわ、桜庭くん」

——桜庭。会話の中から拾ったその名前に、ぴくっと目もとが反応する。やっぱりあいつが、つかさを運んできたのか……。

「日吉さんはもう大丈夫だから、桜庭くんは戻っていいわよ。お昼、食べてないでしょう？」

「はは、たしかに忘れてたなぁ。じゃあ、よろしく頼みます」

そんな会話が聞こえたかと思うと、足音がこちらに近づいてきて、桜庭が保健室から出てきた。

あっちも俺に気づいたらしい。俺を視界にとらえた瞬間目を厳しくし、無言で俺の横を通りすぎていく。

遠ざかっていく足音だけを残して、静寂があたりを支配する。

俺は口を開いた。

「――あいつは渡さねぇから」

静けさが崩れ、桜庭が背後で足を止めたのがわかった。

ピンと張った糸が、ぴくりと揺れたような感覚。数秒経って、冷たい声が返ってくる。

「君につっちゃんはもったいないよ。未練がましく思ってないで、いい加減あきらめてくれないかな」

「あきらめられるもんなら、もうとっくにあきらめてる。でも、あいつだけはゆずれない」

「それって、宣戦布告？」

振り返れば、桜庭の背中が視界に映る。

「そうなんじゃないですか？」

挑発《ちょうはつ》するように言うと、桜庭も負けじと返してくる。

「俺、つっちゃんとふたりきりでいたんだよ。さっきまで。みんなにいい顔してる君よりも、俺はつっちゃんと一緒にいる」

——〝ふたりきりで〟。

「それでも、奪いにいくだけなんで」

「……寝てるからって、つっちゃんに手出したら許さないから」

吐き捨てるように言うと、桜庭がまた歩きだし、足音が遠ざかっていく。

やっと。本音でぶつかれた。

体の向きを戻し小さく息を吐くと、俺は保健室に足を踏みいれた。デスクに座っていた保健医が、扉《とびら》が開く音に気づいて、こちらを振り返る。

「あら、高嶺くん」

「失礼します。うちのクラスの日吉が倒れたって聞いて」

すると、眉を下げて笑う保健医。

「まあ寝不足ね。運んでくれた子にも、昨日寝られなかったなんて言ってたみたいだから」

……桜庭のことか。

「次の授業の間は寝かせておこうと思うから、先生にもそう伝えておいてくれる？」

「はい。少し様子を見ていってもいいすか」

「ええ、どうぞ」

了承を得た俺はカーテンを開け、ベッドに歩み寄る。ベッドの上に横たわるつかさは、それはもう気持ちよさそうに寝ていて。

うん、これはただの寝不足だわ。このやろ。人がどれだけ心配したと思ってんだよ。

心の中で、すやすや寝ているつかさに不満をぶつけていると、ふとこちらに呼びかけてくる保健医の声が聞こえてきた。

「高嶺く〜ん。ごめんね、ちょっと職員室行ってくるから、なにもないとは思うんだけど、日吉さん見ていてくれる？」

「あー、はい」

カーテン越しに返事をすると、パタパタとスリッパの音を立てて、保健医が保健室を出ていく。

白い保健室に、静寂が訪れる。

俺は再び、眠るつかさに視線を落とした。

『俺、つっちゃんとふたりでいたんだよ。さっきまで』

桜庭の声が、耳の奥で聞こえる。知らず知らずのうちに、俺はぎゅっとこぶしを握りしめていた。

肝心《かんじん》なとき、俺はこいつのそばにいてやれない。一番に、駆けつけてやれない。

つかさが迷子になったときだって、そうだった。俺がつかさを見つけたとき、桜庭は先につかさを見つけ、寄り添っていた。

あのときは、引き返すことしかできなかった。

そんな自分がみじめでくやしくて、歯がゆくて。俺が、守ってやりたいのに。

『寝てるからって、つっちゃんに手出したら許さないから』

……そんなの、知るかよ。

開けはなたれていた窓から、秋の風が吹きこんできて、つかさと俺の髪を、同じ風が揺らした。

つかさの少し乱れた前髪を、そっと直す。

もう片方の手を、ベッドについた。

力をかけたことでギシッと軋むベッド。

そして、なにも知らずに眠っているつかさの寝顔を見つめると。俺はゆっくりと上体を倒し、頬に唇を落とした。

桜庭と話したときは抑えてたけど、本当は――。

「……勝手にほかの男になついてんじゃねぇよ」

つかさに出会って初めて、俺は嫉妬という名の感情を知った。

「もっともっと俺に傾いちゃいなよ」

「昨日はほんとーっに、すみませんでした……！」

「もういいって。メッセージまでありがとね」

翌日の昼休み。音楽室であたしは、隣の椅子に座る充樹先輩に向かって顔の前で手を合わせ、全力謝罪をしていた。

あたしは昨日、充樹先輩とこの音楽室にやって来てお弁当を食べようというところで倒れてしまったのだ。元気しか取《と》り柄《え》のないようなこのあたしがまさか倒れるなんて、想像もしない事態だった。

保健医の桜《さくら》先生によると、原因は寝不足らしい。それについては、思いあたる節があった。寝不足の原因は、おそらくテスト勉強だ。普段まったくと言っていいほど勉強せず、毎日十時には就寝してるあたしが、このところは徹夜続きだった。

そしてそこまでテスト勉強に打ちこんだのは、高嶺のせい。なにもしないでいると、高嶺の言動の意味ばかりを考えてしまうから、勉強に集中することで気をまぎらわせようとしていたのだ。

保健室まで充樹先輩にお姫様抱っこで運ばれたということも、桜先生に教えられた。

『桜庭くんがここまで運んでくれたのよ。あなたをお姫様抱っこして、王子様みたいに颯爽《さっそう》と現れたわ』

なぜかにこにことうれしそうに語る先生の言葉を心の中で反芻すれば、今も鼓動が騒がしくなる。

お姫様抱っこなんて、あたしにとっては少女漫画の世界の出来事だ。まさか自分がされる側になるなんて。

だけど、その一方で、胸にじわっと染みる温かい感情。

充樹先輩、保健室まで運んでくれたんだ……。遠いのに、重いのに。

眠ってる間、なんとなく温かい心地がしたのは、そのせいなのかな。

「ほんとに、ありがとうございました」

噛みしめるようにお礼を口にすれば、そんなあたしを見つめ、充樹先輩が目を細めた。

「よかったよ。つっちゃんの元気そうな顔が見られて。つっちゃんは元気じゃないとね」

窓から差しこむ光を背に受けて、充樹先輩の少し長めの髪がキラキラときらめく。

「でもあたし、重かったですよね」

「ううん。つっちゃんをお姫様抱っこできるなんて、光栄なことだよ」

「ふふ、なにそれ」

胸に手をあて目をつむり、使命をまっとうした戦士さながらに言う充樹先輩に、思わずくすりと笑うと。

「つっちゃん」

「ん？」

ふと、充樹先輩がこちらに向かって体を横に倒してきた。そしてあろうことか、あたしの膝の上に頭を乗せる。

「ちょっ、なにしてるんですかっ……！」

「んー、膝枕～」

「そんなの見ればわかる!!　それよりはやく起きて！」

ぐいぐいと体を押し返そうとしていると、充樹先輩があたしの膝に頭を乗せたまま、にやりと意地の悪い笑みを浮かべた。

「あれあれ～？　倒れた君を保健室まで運んだのはだれだっけ？」

「……うっ」

昨日のことを持ちだされたら、反論する余地もない。

「いいこいいこ」

押しだまるあたしに向かって、満足そうに微笑む充樹先輩。すっかり充樹先輩のペースに乗せられてしまった。

「つっちゃん、だいぶ異性になれたよね。出会った頃は、目を見るだけでも割とギリギリだったのに」

「うーん、充樹先輩だからじゃないかな」

「え？」

だって今もほかの男子とは、まったくと言っていいほど接点をつくらないようにしてるし。

でもなぜか充樹先輩に対しては、恐怖感も嫌悪感もない。

「充樹先輩って、人の心を包みこんじゃうっていうか」

思ったことをそのまま口にすると、あっけにとられたようにあたしを見つめ。

「そっか。……うーん、そんなふうに言われちゃうと、隠しごとできなくなるな〜」

眉を下げて、少し困ったように笑う充樹先輩。

それから、目に真剣な光を灯し、あたしをまっすぐに見上げてきた。

「俺ね、つっちゃんにずっと黙ってたことがあるんだ」

「黙ってたこと？」

「うん。俺、ほんとは女の子が苦手だったんだよね」

「え～？　うそだあ～」

そんなこと言われたって、騙されませんよ、あたし。どうせ、いつもみたいにからかってるんでしょ？

子どものいたずらを見透かしている大人みたいに余裕で笑っていると、充樹先輩が必死な顔で手をぶんぶんと振る。

「いやいや、それがほんとなんだよ！　俺、今まで付き合った女の子ってひとりしかいないし」

その必死さは、うそをついているとは思えなくて。そこでようやく、からかっているんじゃないとさとる。

「うそ……。意外……」

経験豊富そうだとばかり思っていたあたしは面食らう。

「あはー、よく言われる。でも、ほんとにひとり。中三のときにね」

「へぇ～」

「すっごく好きだったな。あっちから告ってくれたんだけど、俺純粋だったからね、すっごく彼女に尽くしてた」

昔をなつかしむような口調に聞き取れて、でもその実、充樹先輩の瞳は切なく揺れていて。

「……だけど」

充樹先輩はそうつぶやいて、ひと呼吸置き。

「二股、かけられてたんだよね。知らない年上の男とデートしてるとこに出くわしちゃってね、うん、今もそのときのことは忘れられない」

「……っ」

さらりと告げられた衝撃の告白に、思わず言葉を失う。

あくまでもおだやかで、そして少し軽くしているような語り口。

伏せられたまつ毛が、光を受けてキラキラと光っている。そのせいで、まつ毛は涙に濡れているように見えた。

「それからかな、女の子と遊びでしか付き合えなくなったのは。ありがたいことに告白してくれる子はたくさんいたけど、また裏切られるんじゃないか、うそをつかれてるんじゃないかって思っちゃってさ。苦手って言っても、つっちゃんみたいな女性恐怖症じゃないんだけど、信じられなくなっちゃったんだよね」

「充樹先輩……」

そんなことがあったなんて、全然知らなかった。いつも平和そうに笑ってる、それが充樹先輩だから。

「つっちゃんもね、正直最初は遊びのつもりだった。同じ境遇の子に出会えて気になったんだ。でも、いつでもまっすぐな君にどんどん惹かれていった」

校庭の方から、外で遊んでいる声が聞こえてくる。時は止まっているように思えて、そっとたしかに秒針を進めていた。

静かな音楽室に、そしてあたしの心に、充樹先輩の声がじんわりと波紋をつくる。

「だから、すごくうれしかったんだ。俺の告白を断ってくれたとき。うれしいなんて言葉はちょっと変だけど、でもうん、ホッとした。俺の告白につっちゃんは、真剣に向き合ってくれたから。体面を気にしたり、うそついたりしないで、自分の気持ちをちゃんとぶつけてくれた」

膝に伝わってくる充樹先輩の体温は温かくて。

「トラウマになったあの日から初めて、女の子のことを信じられたんだ」

うそ偽りない言葉に、ドクンと心臓が揺れる。

「好きだよ、つっちゃん」

「……っ」

思わず言葉をつまらせる。

なんでこんなにも、まっすぐ伝えてくるんだろう。

「もっともっと俺に傾いちゃいなよ。俺が許可するから」

充樹先輩……。

この人には、まっすぐに向き合いたい。自分の心を偽ったりしないで。

だからこそ、チクリと胸に走る痛みを感じながら、あたしはなんて答えたらいいかわからなかった。

chapter 5

「初めて好きになったから」

あたりはすでに暗くなっていた。この辺は、人通りも少なく街灯もほとんど立ってないから、とても静かだ。

頬に打ちつけてくる風が冷たく、痛い。

つかさが自宅の庭に入っていくのを遠目で確認する。見つからないように、数十メートル離れたところから。

こうして、この道を歩くのは、今日で三日目。

用事はすんだ。俺も帰ろうと、寒さに首をすくめながら踵を返したそのとき。

「日吉ちゃん、無事に帰れたみたいだね」

そんな声が聞こえてきて、足もとのコンクリートに向けていた視線を上げれば。

「……宙」

目の前に立っていた制服姿の宙が、にこっと笑った。

それはまったくもって予期しなかった登場で、俺は思わず目を見張る。

「なんで宙がここに……」

宙の家は、俺の家から近い。つまり、ここからはだいぶ遠い場所にあるというわけで。

すると宙は頭の後ろに両手をあて、驚く俺に向かって屈託《くったく》なく笑った。

「乃亜のこと送って家に帰ったんだけど、母ちゃんにおつかい頼まれてさ。で、途中で高嶺を見かけたわけ。反対方面に行くから、なにかあるんじゃないかと思って」

宙が目のカーブをゆるめる。

「不審者があぶないから、ちゃんと帰れるまで見守ってるんでしょ？」

……もう全部バレてるってわけか。

俺は観念し、小さく息を吐くと肯定の意を含めて目を伏せた。

——三日前のSHRで、担任から不審者の多発情報を聞いた。

つかさの家がある方面に帰る生徒は、極端に少ない。街灯が少なく、人通りがほとんどないことも、前につかさを家まで送ったことがあるから知っていた。

俺たちは横並びになって、家路へ歩を進め始める。

「最近一緒に帰ってくれないなと思ったら、日吉ちゃんのこと見送ってたんだね」

「あいつ、いっつも他人のことばっかで、自分のことないがしろにするから」

自分自身がいつ危険な目にあうかわからねぇのに。

「優しいな〜。でも、だったらなんで声かけて一緒に帰らないの？」

「送るって言っても、断られるのは目に見えてるし」

するとが宙が、意外だというように声のトーンを上げる。

「高嶺のことだから、無理やり自分のものにしちゃうのかと思ってた」

ほんと、それだよな。桜庭から奪うって、そう気持ち固めたのに。

——でも、あいつが好きなのは、俺じゃない。

思い起こされるのは、今日の昼休みのこと。

『好きだよ、つっちゃん。もっともっと俺に傾いちゃいなよ。俺が許可するから』

偶然通りかかった音楽室からふいに聞こえてきたのは、桜庭のそんな声だった。

ドアのガラス越しに室内をのぞけば、つかさが桜庭を膝枕していて。

思わず抱きしめたあの日、つかさが俺の胸を突っぱねた感触がまだ残ってる。

『充樹先輩……っ』

つかさは桜庭の名を呼んで、俺から離れていった。

あの日も、つかさが選んだのは、桜庭だった。

「ちょっと前の俺だったら、たぶんそうしてた。でも今は、あいつが望むようにしてやりたいんだよね。あいつの意思を尊重したい」

「高嶺……」

「たぶん、無理やり手に入れても、あいつが笑ってなきゃむなしいんだろうなって気づいたから」

「それで、こうしてこっそり守ることにしたんだね」

うなずく代わりに、目を伏せた。

「わっかんねぇことばっかだよ。初めて好きになったから」

なにかにぶつけるように、ありのままを吐露《とろ》する。

恋なんて、暇つぶし程度のものとしか認識していなかった。兄貴と美織のことを見ていても、ふたりが笑っていたら、ただそれだけでよかった。うらやましいとは一度も思ったことがなかった。

でも実際当事者になってみれば、想像以上に厄介で、ひたすらもがくことしかできなくて。

「あいつの気持ちを最優先にしたい。でも、やっぱり欲しい、つかさが。違うやつなんかに渡したくない。……こんな矛盾ばっかりで、どうすればいいかわかんね」

口から出た言葉は、白い靄となって、純黒さを増した冷たい大気に溶けていく。

「恋なんて、わからないことばっかりだよ」

ぽつりと、俺のそれに重ねるように、宙が白い靄をつくった。

「正解も答えもない。だから、高嶺は高嶺が思う道を行けばいいと思う。それだけ日吉ちゃんのことを思ってるんだから」

いいことを言ってるふうの宙。に、俺はジト目を向ける。

「彼女いたことないくせに、なにえらそうなこと言ってんだよ」

「あはっ、そこ気づいちゃった？」

宙がぺろっと舌を出し、頭に手をあてる。

「あたりまえだろ、付き合い長いんだから」

ため息まじりにそう言うと、宙が視線を落として微笑んだ。

「でも俺は、高嶺がそれくらい強く思える存在に出会えたことがうれしい。高嶺の気持ち全部、日吉ちゃんに届くことだけを願ってるよ」

俺は、たぶん、そうとうこの親友に弱いんだろうなと思う。うん。なんだかんだこいつに甘くなる。

「……コンビニでも寄ってくか」

「え？」

「せっかくだし、なんかおごってやるよ」

口もとに笑みを乗せてそう言うと、宙がパァッと破顔して両手を空へ掲げる。

「やったーっ！　高嶺《たかね》のプリンス様がイケメンすぎる～！」

「それやめろ。恥ずい」

「俺、あったかいあんまんがいいっ！」

「話聞けっつの」

軽口をたたきあいながら、最寄りのコンビニに向かう宙と俺。

宙に話したら、だいぶ気が抜けた。難しいことばっかり考えるのは、もうやめる。

考えてばっかりで地団駄踏んでるのは、俺らしくない。

「行ってこいよ」

あたしに女子力なんて皆無だと思ってたけど。

「これ、やばいかな……」

人生で初めて、クッキーなんて焼いてみちゃったりした。

それで結局、完成したクッキーを前に、渡すときのことを考えて今さら恥ずかしくなっているところ。

キッチンのシンクに手をつき、額を押さえる。

だってさだってさ、スイーツ作りなんてキャラじゃなさすぎて……！

これから充樹先輩と約束していたイルミネーションを見にいく。

充樹先輩が大好物だと言っていたのを思い出してクッキーを作ってみたけれど、初めてだから形だってお世辞にも綺麗とは言えない出来。これを渡すのは正直とんでもなく恥ずかしい。

でも、このクッキーとともに伝えたい気持ちがある。

悶々《もんもん》とひとり悩んだあげく、あたしはクッキーをラッピングし、出かける準備に取りかかった。

待ち合わせは、五時。東公園前。

東公園まで自宅から徒歩で二十分ほど。余裕を持って約束の三十分前に、クッキーを手提げ袋に入れ、あたしは家を出た。

休日に男の人とふたりで出かけるなんて、この男嫌いなあたしにそんな経験があるはずなく、服装を決めるのになかなか時間がかかってしまった。

結局、白いニットにショートパンツをはき、いつものモッズコートを羽織るという、なんてことない普段どおりのコーデができあがった。

外に出たとたん、冷たい風に長い髪がさらわれる。

「さむっ」

思わず肩を抱き、身震いしてしまう。

少しずつ、薄暗さをまとっていく空。

歩きながら、クッキーの入った手提げ袋に視線をやる。

……これを渡して、伝えなきゃ。自分の気持ち。ずっと保留にしてしまっていた、充樹先輩の気持ちに、答えを出さなきゃ。

やがて土手沿いに差しかかる。

川の近くは、一段と寒さが増す。

マフラー巻いてくればよかったかも。昨日洗濯しちゃったんだよな、なんて、そんなことを考えていた、そのとき。ビュウッと大きな音を立てて、ひと際強い風が吹きつけた。

思わず乱れた髪を押さえようとした瞬間。右手から、するりと手提げ袋の持ち手が離れた。

あっと思ったときにはもう、手提げ袋は土手を転がり落ちていて。

「待って……！」

手提げ袋が待ってくれるはずなんてないのに、そう口走り、土手を駆けおりて手提げ袋を追いかける。

だけど、軽いからか、手提げ袋が転がり落ちるスピードの方がはやかった。

あたしの数メートル先で、坂の下、すぐそこに待ちかまえていた川に、手提げ袋は吸いこまれるようにむなしい音を立てて落ちた。

「うそ……」

流れていく手提げ袋を見つめたまま、ぼうぜんと立ち尽くす。

充樹先輩に渡そうと作ったクッキーが、どんどん遠ざかっていく。

すると偶然にも、石に引っかかって手提げ袋が止まった。

川に入って、十数メートルほど歩けば取れる。だけど、足が地面に張りついたように動かないのは、あたしが泳げないせいだ。小さい頃、近所の市民プールで溺《おぼ》れたのがきっかけで、水が苦手というかトラウマがある。

水の流れはとてもはやい。

浅い川だから、泳がなくても歩いていける。だけどもし足を取られたら。そう思うと足がすくむ。

怖い。……けど、取りに行かなきゃ。

充樹先輩への感謝の気持ちを込めて作ったクッキー。受け取ってもらえるかわからないけど、充樹先輩を思って作ったんだから。

今ここで手ばなしたら、大切なものを見捨てることになる、そんな気がして。

あたしはぎゅっとこぶしを握りしめると、一歩、川に踏みいれた。とたんに、体全体に痛さの混じる寒さが走った。

水位は膝下ほど。がんばれば、きっと手提げ袋のところまでたどり着ける。

そして川の流れに逆らいながら、もう一歩足を進めた、そのとき。

「──つかさっ！」

風をきる矢のように、あたしの名を呼ぶ声が、飛んできた。

──この声の主を、あたしはよく知ってる。

はっとして振り返れば、肩で大きく息をする高嶺が川辺に立っていて。

「高嶺……」

高嶺がこちらに駆けよってくる。

そして走ってきた勢いそのままに腕をつかみ、あたしを川辺に引き戻した。

足が土を踏むと、あたしは混乱した頭で高嶺を見上げる。

「なんで高嶺がここに……」

「兄貴の墓参りに行ってたんだよ。で、川にだれかいると思ったら……。この寒いときに、なにしてんだよ！」

高嶺の顔からは、はっきりとあせりの色が見て取れた。

「充樹先輩にあげようと思って作ったクッキー、川に落としちゃって……」

「え？」

肩越しに振り返り、手提げ袋にやったあたしの視線の先に、高嶺が視線を重ねる。

手提げ袋はいまだ石に引っかかり、そこに留まっている。見えてるのに届かない。

届くことができない。それがとても、もどかしい。

「――わかった」

ふいに、あたしの腕をつかんだままでいた高嶺がつぶやく。

「俺が取ってくるから、つかさはそこで待ってろ」

「えっ⁉　高嶺……‼」

あたしの制止を振り切り、ザバザバと音を立てて川に入っていく高嶺。

「なんで高嶺が……っ」

張りあげたあたしの声に、高嶺が振り返る。

「あいつに渡すんだろ」

「……っ」

たったひと言で、あたしの言葉を封じこめる。高嶺は、いつだってそう。

高嶺は上体の向きを戻すと、再び川の中を進んでいく。痛くなるほど冷たいはずなのに、濡れてしまうのに。

目の奥が、ジンとぬくもりを持った。冷たい風が目にしみるからじゃない。高嶺のせいだ。

そして数分後。膝下をびっしょり濡らした高嶺が、川辺に戻ってきた。その手には、濡れた手提げ袋を持って。

「高嶺……っ」

駆けよると、高嶺が手提げ袋を差し出してきた。

「中、無事？」

確認するよう促され、受け取り、中を見ると、ビニールで包装していたからクッキーに被害はなかった。

「うん。ありがとう、高嶺。ほんとに、ありがとう……っ」

手提げ袋を抱きしめ、泣きそうになりながらお礼を言う。

また、あたしはこの人に助けられてしまった。

「高嶺って、ほんとにスーパーマンみたい」

眉を下げ、ふにゃっと笑いながらそう言った、そのとき。

ふいに、手が伸びてきたかと思うと、高嶺の冷たくて大きい手のひらがあたしの左頬にあてがわれていた。

自然と、視線と視線がかちあう。高嶺のまなざしは、切なくなるほど優しくて。

「……え？」

「ほんと、こんなに大切になるなんて、出会ったときは思わなかった」

「高嶺……？」

「なぁ。一回しか言わないからよく聞けよ」

そして、親指であたしの頬をそっと撫でると。

「つかさ、俺はお前が好きだ」

高嶺は、形のいい唇を動かし、言葉を紡いだ。

＊＊＊

「つかさ、俺はお前が好きだ」

やっと口にできた、その言葉。

それを聞いたつかさが、目を見開いて俺を見上げている。瞳が揺らめき、信じられない、そう訴えかけている。

「う、そ……」

「うそなんて言うわけねぇだろ」

「だって、高嶺には美織さんが……」

美織？　なんで今美織の名前が出てくるんだよ。

「美織も俺も、もう前向いてる。兄貴の死とも向き合って、もう俺のことを兄貴だとは思ってない」

「でも、美織さんと付き合ってるんでしょ？」

……はぁ？

「どこがどうなったらその解釈に行き着くんだよ。兄貴の彼女と付き合うわけねぇだろ」

あきれたように言うと、つかさは絶句したように俺を見つめる。

なんだよ、そのあほ面は。

もう一度、つかさにとって確固なものにするために、口を開いた。

「俺が好きなのは、つかさだけだよ」

「高、嶺」

「だから」

俺は、まばたきすらしていないつかさの胸を、とんっと押した。

「行ってこいよ」

「え？」

これが俺の答え。

「あいつと、桜庭と会う約束があったんだろ？」

完敗だよ。こんなに愛おしいと思うようになるなんて、考えてもなかった。

自分がどれだけ傷ついたとしても、こいつだけは傷つけたくない。それほど大切になるなんて。

「俺の気持ちは伝えたから。お前は、なにも考えず行きたい方に行けよ。それが俺の望み」

「高嶺……」

「俺は、お前が笑ってなきゃ意味ないみたいなんだよね」

こいつの笑顔が、どうしようもなく好きだから。

するとつかさはぎゅっと下唇を噛み、手提げ袋の持ち手を握りしめ。

そして、くるっと踵を返すと、駆けだす。まるでなにかに引っぱられるように。

その後ろ姿を見つめながら、心の中で訴えかける。

——望む道へ、迷うことなく行け。

だれよりも、幸せにしてもらえ。

でも。でももし足を止めて振り返ってくれるなら。

それなら、すべてをかけて幸せにしてやる——。

……だけど、つかさは一度も振り返らなかった。

ほんとは、離したくない。だれにもやりたくない。ずっと隣にいてほしい。だれより、幸せにしてやる自信がある。

でもやっぱり最後には、あいつの意思を尊重してやりたいという思いが、なにより勝った。

つかさと出会って、俺はいろんな感情を知った。

自分の気持ちを押し殺さずちゃんと本心で向き合うこと。それを教えてくれたのは、つかさだった。

つかさが俺の仮面を剥がしてくれたから。俺の存在を見つけてくれたから。だから俺は、自分を取り戻せた。

ほんとは、一度でいいからしてほしいことがあった。でもたぶん、それをされたら、もうこの気持ちにあきらめがつかなくなりそうで、口にしなかった。

素直じゃねぇからって、愛想尽かされんなよ。

男嫌い治せよ。

さっきだいぶ寒そうだったけど、風邪引くなよ。

下校、ついてきてもらえよ。

次から次へと思いがあふれるのは、まだこれっぽっちも吹っ切れていないないなによりの証拠《しょうこ》。

……あーあ。本気だったな。この気持ちにケリがつく日なんて、くるんかな。

空を仰げば夕陽がまぶしくて、俺は感傷的な笑みをそっと唇に乗せた。

＊＊＊

たぶん答えはずっとひとつだった。

見失いかけたその答えを、あなたが見つけさせてくれたの――。

「充樹先輩……っ」

約束の時間より十分も遅れて待ち合わせ場所の東公園にたどり着くと、先に来ていた充樹先輩が、あたしの姿を見つけて手を挙げた。

「つっちゃん！」

全速力で駆けてきたから、息を吸うのがままならない。はぁはぁと荒い呼吸をしながら、充樹先輩のもとへ歩み寄る。

「遅れて、はぁ、すみませんっ……」

「全然大丈夫だよ。っていうか、足濡れてない⁉　なにがあったの？　大丈夫⁉」

「あ、これはちょっといろいろあって……」

まさか川に入ったとは言えず、思わず答えを濁す。すると、充樹先輩が目を細めて笑った。

「それなのに走ってきてくれたんだね。ゆっくりでも、俺待ってたのに」

そう。充樹先輩は、いつだって、ゆっくり答えを待ってくれていた。急かさずに、ひたすら待ってくれた。

──だから。だからあたしは甘えてしまったんだ。

あたしはバッと勢いよく頭を下げた。

「ごめんなさいっ。やっぱり、やっぱり充樹先輩の気持ちには答えられない……っ」

答えを出した声が、震えていた。

「つっちゃん……」

「どうしても高嶺への気持ちが消えないの……っ」

気づけば、涙があふれていた。

ここであたしが泣くなんて、反則だ。ずるい。そんなことはわかってる。だけど、こんなにも意図せず流れる涙があるなんて、知らなかった。

充樹先輩のことを好きになろうとした。

だけど、どうしてもあたしの心を占めるのは、やっぱりあいつで。

それに気づいてしまったのは、高嶺が一ミリの迷いもなく、あたしの目をまっすぐにとらえてくるから。

必死に気持ちに蓋《ふた》をしていたけれど、最初から手遅れだった。どんなに消そうとしたって、簡単に消えるものじゃなかった。

だから今日は、充樹先輩にこのことを伝えるって決めていた。

「……うん」

必死に涙をぬぐっていると、ぽつりと、充樹先輩の声が落ちてくる。

「わかってたよ。つっちゃんが、高嶺くんを見てるってこと」

「充樹先輩……」

視線を上げれば、充樹先輩がとてもおだやかな笑みを浮かべていて。

「俺のこと好きになろうとしてくれてたことも、わかってる。でも、だめだったんだよね」

胸が痛い。こんなにも苦しいのは、充樹先輩の優しさが身にしみるから。

あたしたちがおたがいに持っているのは、対等な気持ちではないかもしれない。でも、充樹先輩が大切な存在であることには変わりない。

「ごめんなさい。正直でいるってそう思ってたのに、あたしずっと自分から逃げるために、充樹先輩のことたくさん振り回した……っ」

充樹先輩の優しさにつけこんだ。自分がこれ以上、傷つくのが怖くて。最低だ。あたし。どんなに嫌われたって、文句のひとつも言えない。

すると「ううん」と、充樹先輩が首を横に振る。

「俺の方こそ、つっちゃんのそういう気持ちわかってて、強引に君の気持ちを閉じこめようとしたんだ。ずるかったんだよ」

「そんなことない……。だって、充樹先輩といるとき、あたし苦しくなかった。充樹先輩がいたから笑っていられた。何度も、何度も助けられた……」

次から次へあふれてくる本音を吐露すれば、充樹先輩がそっと微笑んだ。

それは、無理やりつくろった笑顔なんかじゃない。おだやかで、心からの笑顔。こんな笑顔、もしかしたら久しぶりに見たかもしれない。

「ありがと、つっちゃん。そう言ってくれて。つっちゃんを好きになれてよかった。俺、つっちゃんのおかげで一歩踏みだせたんだ」

そしてそっとまつ毛を伏せ、こぼすようにささやく。

「好き、だったよ、つっちゃん」

「……っ」

これがお別れ。充樹先輩の言葉の端から、そんなニュアンスが聞いて取れた。

明日からはもう、空き教室でふたりでお弁当を食べることもない。でもね、充樹先輩。あたし、楽しかったんですよ。

「充樹先輩っ」

声を張りあげ、その名前を呼ぶ。

「ん？」

「先輩に渡したいものがあるんです」

「え？　なになに？」

手提げ袋の中から、ラッピングしたクッキーを取り出す。

「充樹先輩の大好物のクッキー。初めて、お菓子作りました。毒味はしてません」

それでもよかったら、と重々しくクッキーを差し出すと、「ふはっ」と充樹先輩が吹きだした。

「これは覚悟して食べなきゃだね」

あたしもつられて、思わず笑みをこぼす。

「はいっ……」

涙で濡れたあたしの顔に、充樹先輩が笑顔を咲かせてくれた。

「あたしと恋をしてくれませんか」

出会ったときは、こんな感情を自分がいだくなんて、思ってもみなかった。

悪魔で、ムカつくくらいなんでもできて、意地悪で、でも心の奥に苦しみをしまいこんでいて、ほんとは優しくて、意外と面倒見がよくて。

そんなあいつに恋をして、何度泣いただろう。何度胸が苦しくなっただろう。

だけど、この恋を捨てることほどつらいことなんて、きっとない。


充樹先輩にクッキーを渡したあたしは、高嶺のもとへ走っていた。

どこにいるかもわからない。だけど、今すぐにこの想いを伝えたかった。

充樹先輩への気持ちをちゃんと片づけてから、あたしはあんたに真正面から向き合いたかったの――。

居場所に見当もつかなくて、あたしは一度川辺に戻ることにした。

あまり希望は持っていなかった。だけど、その姿を見つけた瞬間、あたしは足を止めた。

あいつは川辺に立ち、流れゆく川を眺めていた。

……ああ、いた。その姿を見ただけで、愛おしさで胸がつまる。

気づけば、あたしはこんなにも――。

そっと歩み寄り、高嶺の後ろに立った。そして、大きく息を吐くと。

震える声で、澄んだ空気に一文字一文字を紡ぐ。

「……あたしは日吉つかさ。高二」

だめだ、今にも泣きそう。

だけど、涙をこらえて。言葉にするの。あたしの気持ち、全部全部。

「三度の飯より、乃亜が大好物。素直じゃないし、かわいさのかけらもありません。だけど、ずっとずっと好きな人がいます」

あんなに自分を叱咤したっていうのに、気づけば涙声でぐずぐずになっていた。

「行きたい方に行け。そいつがそう言ったから、ここに来ました。あたしが一緒にいたいと思うのは、幸せにしたいと思うのは、傷つけたくないと思うのは、全部全部、高嶺なんです」

伝えたいことが次から次へとあふれだして、ちゃんと言葉になっているかわからない。だけど、伝えたいことはひとつだけ。

あたしは下唇を噛みしめると、涙声で高嶺の背に思いの丈をぶつけた。

「もしよかったら、あたしと恋をしてくれませんか……っ」

遠回りばっかりしてしまったから。――もう一回、始めよう。

うつむき、ぐすっと鼻をすすっていると。

「高嶺悠月。高二」

前を向いたまままつぶやかれた声が、風にのって耳に届いた。

「目標は兄貴だけど、だいぶ、というかそうとう不器用です。高二にもなって、初恋してます」

「え？」

高嶺が、こちらを振り返った。

その顔には、おだやかな笑みが浮かんでいて。

「俺と付き合って。つかさ」

その言葉を受けとめたとたんに、感情と涙が一緒になって込みあげてくる。

感じた。今、たしかに、心と心が重なる音が。

こんなにも、心が満たされる瞬間があるなんて、知らなかった。

あたしは壊れたみたいに、何度も何度もうなずく。

「うんっ……。好き。だれより大好きだよ、高嶺……っ」

涙で顔をぐしゃぐしゃにして自分の思いを告げれば。

「物好き」

高嶺が小さく笑い声をもらし、その瞬間、高嶺の腕があたしをとらえて。

そのまま、胸もとへと引きよせられた。

「……っ」

甘い香りとぬくもりに包まれ、心臓が暴れだす。でもそれは、男子に対する嫌悪感じゃない。体が熱くなるような、高嶺への想い。

大きな手が、後頭部に回される。

「……つかさ、ありがとな。あのとき、俺の心を見つけてくれて。お前に出会わなかったら、俺、消えるとこだった」

吐息をもらすように、そっと噛みしめるように、高嶺が思いを紡ぐ。

「高嶺……」

「これからも俺の隣にいろよ。ずっと、俺から目を離さないで」

「あたりまえだよ……っ」

力強く答えると、ぎゅーっと抱きしめながら高嶺があたしの頭に顎を乗せる。

「……桜庭のこと好きなんだと思ってた」

ちょっと不満そうに言われて、あたしは驚く。

「えっそうなの⁉　あたしも高嶺は美織さんと付き合ってるのかと思ってた……」

するとと、高嶺があたしの額に自分のそれをあて、苦笑する。

「ふはっ、見事にすれちがいまくっててんじゃん、俺ら」

「へへ、だね」

「俺は、お前のことしか見てなかったけど」

「……っ」

ドキンと心臓が揺れる。やっぱり高嶺の言葉は、それることなく、まっすぐに心を射抜いてくる。

そして、ゆっくりと体が離れた。微笑み、あたしの涙をぬぐう高嶺が、視界いっぱいに映る。

「なぁ、つかさ」

「ん……?」

「ひとつ、してほしいことがあるんだけど」

「なに?」

「名前、呼んで」

「え？　名前?」

「俺の名前、呼んで?」

そのとき、あたしはふと気づいた。高嶺の耳に光る、シルバー色の君の小さな自己証明に。

いつの間につけていてくれたのかな。

じわっと目の奥が熱くなりながらも、あたしは微笑んでうなずいた。

何度だって呼ぶよ。その名前を。大好きな君の、大切な名前を。

「悠月」

「……うん」

「悠月」

「うん」

「好きだよ、悠月」

高嶺が、悠月が笑った。見たことないくらい、まぶしい笑顔で。

高嶺《たかね》のプリンスでもなくて、朝陽さんでもなくて。世界にひとりの素顔の君を、これからもずっと、見つめてるから。

番外編
「俺の隣以外、禁止」

彼氏が、できた。正真正銘、初彼。

しかも相手は、あの高嶺。ううん、悠月。

あたし、あいつと付き合うことになったんだ……。

実感が湧かなくて、何度も頬をつねってみたけど、ちゃんと痛い。夢みたいだけど、夢じゃなくて。

ふわふわした感覚でいたせいか、ベッドに入ってもまったく眠れず、すっかり寝不足だ。

「ふぁぁ、行ってきまーす」

大きなあくびをしつつ、いつもより五分遅く家を出る。

まぁ、学校にはいつもはやく着いてるし、五分くらい遅れても余裕で着くよね……。

なんて考えながら、眠い目をこすって歩きだした、そのとき。

「おせぇよ」

聞こえるはずのない声が聞こえてきて、眠気なんてどっかに投げ捨て、あたしはあわててあたりを見回す。

すると前方に、スクールバッグを肩にかけ、壁に寄りかかる人影を見つけた。その人物の正体を認識するなり、思わず目を見開き、大声をあげる。

「ゆ、悠月……!? なんでここに……っ」

「なんでって彼女を迎えにきたんだよ」

悠月はご立腹みたいだけど、あたしは〝彼女〟なんて聞き慣れない単語をさらっと言われて、瞬間頬を赤らめた。

悠月の口から〝彼女〟って言葉が飛び出すと、破壊力がすごいって……。

「つーか、出てくんのおせぇから。俺を何分待たせる気だよ」

「ご、ごめん。ちょっと寝不足で」

「……へぇ。俺のこと考えて眠れなかったんだ？」

あたしのもとへ歩み寄りつつ、口の端を上げ、意地悪な笑みを浮かべる悠月。

「ち、違うしっ！」

「じゃあなんでこんなに顔真っ赤なわけ？　教えてくれねぇかな、つかさちゃん？」

……うっ。なにからなにまで図星すぎて、言い返せない。

ぐぐぐと押しだまっていると、悠月がこちらへ手を伸ばしてくる。そして、自然な動きですっとあたしの髪をすいた。

「ふっ、寝癖《ねぐせ》ついてんじゃん」

見上げれば、そこには笑みを浮かべる悠月。陽の光と相まって、思わず目を奪われるほどに輝いて見えて。

「え？　わ、わかんなかった……」

ドドドドと心臓がせわしなく音を立てて暴れだす中、そう言うのが精いっぱい。

や、やばい。悠月が優しくって調子狂うよ……。これが、〝彼女〟ってやつ、なんだ。やっぱり、悠月といるとばかみたいに体温が上がる……。

まわりに人がいないことを見計《みはか》らい、ふと、名前を呼んでみる。

「ねぇ、悠月」

恥ずかしいけど、爆発しそうだけど、

「……手、つなぎたい」

「え？」

あたしは勇気を振りしぼって、胸に生まれた願望を口にした。

「みんなに見られたら、面倒なことになるけど、今ならだれもいないし……。なんか、ちょっとまだ信じられない自分がいるっていうか……。悠月のこと、ずっと好きで、片想いだと思ってたから」

だから。

「悠月が彼氏だってこと、実感させて……？」

うう、こんなこと言う自分がいるなんて。顔、絶対赤くなってる……。

恥ずかしくてうつむくと、悠月がため息まじりにつぶやいた。

「……なぁ」

「ん？」

「お前さぁ、それ無自覚？」

「へ？」

ふいに悠月があたしの前に立つ。

顔を上げると、あたしを見下ろす熱を帯びた瞳の悠月。

「悠月……？」

「……我慢してたけど、限界っぽい。ひと口味見させろよ、つかさ」

肩をつかまれたかと思うと、悠月の綺麗すぎる顔が近づいてきて。

……こ、これは、キスする感じ……!?

「ちょっ、悠月！　こんな外で……！」

「だれもいねぇよ」

たしかにそうだけど、そういう問題じゃないから……っ！

気づけば、悠月の唇はもうすぐそこで。

ま、ま、待って……！

——バッ。

「…………なんだよ、これは」

ぎゅうっと目をつむっていると、悠月の不機嫌極まりない声が聞こえてきて。

目を開ければやっぱり、至近距離に、怒りマークをつけた悠月の顔。

「あ、あは……」

〝これ〟。悠月がそう言ってるのは、あたしが顔の前にかまえたスクールバッグのことだ。

だ、だって、キスなんて無理だよ……！　一度はされたことあるけど、あれは不意打ちだったし……。

男が苦手なあたしに、キスなんてハードル高すぎる。悠月に対しては大丈夫って思ってたけど、やっぱり無理だ。今だって心臓壊れそうなのに……。

「キス、は無理……！」

すると、悠月は口の端をつりあげ笑みを浮かべた。でも、目はちっとも笑ってない。むしろ、怒りに震えてる。

……や、やばっ！　かんっぜんに悪魔の機嫌をそこねた！

「へー。俺のキス拒否るとか、いい度胸じゃねぇかよ」

悠月の綺麗な指が、あたしの唇にふにっとふれた。

「絶対また奪ってやるからな、この唇。せいぜい覚悟しとけよ」

「……っ」

妖艶《ようえん》で挑戦的な瞳にのぞかれ、一気に体中の血液が沸騰してしまったかのように熱んですけど……。

くなる。

悠月の彼女なんて、これからあたしの心臓が持ちこたえられるか心配になってきた

『絶対また奪ってやるからな、この唇。せいぜい覚悟しとけよ』

なんて言って、あたしの気持ち乱しておいて……。


「高嶺くーん♡」

「高嶺くん、今日もかっこよすぎるーっ！」

今日も今日とてモテすぎだよ……！

教室の内外から、悠月への黄色い声が飛んでいる。

そりゃあ、あたしが悠月の彼女なんて、だれも思わないだろうけどさ！　でも、その人はあたしの彼氏なんですけどっ！

いっそ、ブサイクになるように整形してしまいたい。悠月がどんなにブサイクだって、あたしは……好きだし。

なんて思ったところで現実は、そうはいかないってことはわかってる。

「はーぁ……」

ななめ前の悠月の背中を見つめながら、頬杖をついてため息をつく。

悠月、今どんな顔してるんだろ。女子の声にかき消されて、悠月の声も聞こえないよ……。

こんな光景は日常茶飯事だったはずなのに、今はモヤモヤして我慢できない。彼女になれただけであんなにうれしかったのに、どんどん欲張りになっていく。

と、そのとき。

「高嶺くん！　おはよう！」

ひと際かわいらしい声が聞こえてきて再び悠月の席の方へ視線を向けると、悠月の前に立つショートヘアの小柄な女子の姿が見えた。

……あの子、たしか隣のクラスの川合《かわい》さんだ。学年で一番かわいいと評判で、まわりに花が咲いて見えそうな、ふわふわで小動物みたいな女子。

あたしとは正反対。強がりでかわいげのないあたしとは全然違う、だれもが守ってあげたいって思うようなかわいさを持っている。

あんなにかわいい子も、きっと悠月のことが好きなんだ。

「あのね、今日の放課後合コンに行くんだけど、高嶺くんにも来てほしいの！　一緒に行くクラスメイトもみんな、高嶺くんに来てほしいって言ってて！　来てくれないかなぁ？」

……え？　合コン……？　悠月が女子たちと……？

こっちにまで聞こえてきた高い声に、あたしの体が固まる。

やだ。そんなの、やだ。行ってほしくない。

でも、いくら心の中でそう思ったって、あの輪の中に飛びこんでなんていけない。あたしの彼氏だって、そんなこと言う勇気ない。だって、だれの目から見たって、あたしじゃ悠月に釣りあってないから。

悠月は、あんなかわいい子に言いよられて、どう思うの……？

……あぁ、だめだ。こんなのわかってたはずなのに、どんどん卑屈になっていく。

黒くて汚い感情で、心の中がぐちゃぐちゃになってしまう。

あたしはぎゅっと目をつむり、聞こえてくる音も見える映像も、全部シャットアウトした。


昼休み。

部活の集まりに向かった乃亜と別れ、弁当を持ってきていないあたしは、パンを買うため購買に向かう。

廊下を歩いていると、前方に教室から出てくる集団が見えた。

……悠月だ。

悠月と一緒に歩いているのは、今朝合コンに行こうと悠月を誘っていた女子たちで。

「高嶺くん、合コンでもすごくモテそうっ！」

「合コンとか行ったことねぇかも」

飛び交う会話がこちらにまで聞こえてくる。その光景を目のあたりにすると、廊下のどまん中で足がすくんでしまい思わず立ちどまる。

だけどなにもせずにいたら、悠月はこちらに気づくことなく歩いていってしまう。

ズキズキと胸が痛むのは、悠月のことを好きな証拠だ。

せっかく思いが通じあったのに、これでいいの？　……ううん、ちっともよくない。ちゃんと伝えなきゃ、あたしの気持ち。――だって、あたしは悠月の彼女だから。

ぐっとこぶしを握りしめたあたしは、顔を上げるとリノリウムの床を蹴っていた。

遠かった悠月の背中が、どんどん近づいて。

そして、一番後ろを歩いていた悠月に追いつくと、考えるよりも先に伸びていた手が、ぎゅっと悠月のブレザーの裾をつかんでいた。

引きとめた悠月の足の動きが止まる。

「――行かないで」

こぼれでたのは、あまりにも小さくて、たぶん悠月にしか聞こえてない声。

前を歩いている女子たちは、話に花を咲かせているせいかあたしが悠月を呼び止めたことには気づいていない。

緊張で、心臓が早鐘《はやがね》を打つ。でも、逃げちゃだめだ。

「ほかの女子と合コンなんてやだ……」

震える唇で、勇気を振りしぼりそう言ったとき。

ふいに悠月の甘い香りがあたしを襲った——。

「それでね、高嶺くん」

「……あれ？　高嶺くんいない？」

女子たちが悠月がいないことに気づいて振り返ったときにはもう、あたしと悠月は廊下にはいなかった。

目を見開いたのもつかの間、悠月にだれもいなくなった教室へと連れこまれていたから。

廊下から、悠月を捜す女子たちの声がかすかにもれ聞こえてくる。

「悠月……」

うす暗い教室の中で顔を上げると、あたしの瞳を探るように悠月がこっちを見つめていて。

「さっきの、どういう意味だよ」

高嶺が静かに問いかけてくる。

本音を言ったら迷惑がられるかもしれない。嫌われるかもしれない。でも、ここで素直にならなきゃ、きっと後悔する。恥《はじ》なんて捨てるんだんだ。

自分にそう言い聞かせるように、あたしはうつむき、ブレザーの裾をぎゅっとつかむ。。

そして、震える声で思いを吐き出す。

「本当は、もっと悠月にふれたいって思ってる。悠月のそばにいたいって。だから、行かないで」

口からひとつこぼれると、あとを追うように次々と本音が飛び出す。

ひと呼吸置き、ぐっと下唇を噛みしめる。

ごめん、嫌わないで。こんなあたしでも——。

「ほかのだれかじゃなく、あたしのそばにいて……っ」

胸につっかえていた言葉を吐き出し、顔を上げたとき。

ふいにこちらに伸ばされた悠月の腕が視界に映ったかと思うと、ぐっと腕をつかまれ、強引に抱きよせられた。

あっという間に悠月の腕の中に収まってしまう、あたしの体。

「……っ」

「……あー、不意打ちすぎ。今自分がどんな顔してんのか、わかってんの？　その顔、反則だから」

すねたような悠月の声が、耳もとで奏《かな》でられる。

「悠、月……」

心臓がバクバクと音を立ててうるさい。今心臓が止まったら、まちがいなく悠月のせいだ。

やがて体を離すと、あたしの肩に手を置き瞳をのぞきこんでくる悠月。

「それに、彼女がいるのにほかの女と合コンなんか行くわけねぇじゃん」

「え？」

「最初から断ってるし」

ど、どういうこと？

悠月の言葉の意味を、うまくのみこめない。

「でも、さっきだって合コンの話してたんじゃ……」

「つかさにヤキモチ妬かせてやろうと思って、わざと一緒にいた。言ったじゃん。『せいぜい覚悟しとけよ』って」

あたしの唇をふに、と触りながら悠月が悪魔な笑みを浮かべる。

……っていうことは……。

いろんな意味でパンクしそうな思考回路でたどり着いた答えに、開いた口がふさがらない。

「ちょっと意地悪してみたんだけど、健気に素直になろうとしてるつかさちゃん、かわいー」

「ひ、ひどい……っ！」

真っ赤な顔で非難の声をあげるあたし。

まんまと悠月の手のひらの上で転がされてたってわけ⁉　そうだったよ。こいつの本性、真っ黒だった……‼

そんなあたしを見て意地悪く笑っていたかと思うと、やがて悠月はその笑みを消して「でも、」と怒ったような表情をつくった。

「ちゃんとわかってる？　俺がお前と付き合えて、どんだけ浮かれてんのか」

「……っ」

悠月が右耳の髪をかきあげ、耳にかけた。それによって姿を現したのは、あたしが誕生日に贈ったシルバーのピアス。

「お前しか見えてねぇよ。つかさがくれたこれが、自己証明だし、俺がお前のもんだって証拠だから」

迷いも偽りもないその強気な瞳に、心をぐっとつかまれる。

あぁ、やっぱり悠月はずるい。こうしてまっすぐに言われたら、怒りなんて一瞬でどこかに吹き飛んじゃうんだから。

だけど気づけば、悠月はまたなにかを企んでいるような悪魔の顔になっていて。

「でもま、お仕置きしねぇとな。俺のキス拒否ったんだから」

「うっ……」

「今度こそ、キス、しろよ」

「うえっ⁉」

また、それとこれは話が別っていうか！

わかりやすくあわてるあたしに、じろりと冷めた視線を向ける悠月。

「なに色気ねぇ声出してんだよ。俺はどんだけお預けくらわなきゃいけねぇの？　それともなに、お前は俺のこと好きじゃないんだ？」

「ず、るい……っ。そんなわけないのわかって言うんだからっ……」

顔を真っ赤にして抗議するあたしに、悠月が満足そうに笑う。そして。

「まだ俺が怖いなら――」

言いながら、あたしの手をふわっと優しく両手で包みこむように握った。

「ん。こうしてれば、怖くねぇだろ」

「だ、だけど、キスなんて慣れてないし……」

「大丈夫。つかさは俺の言うことだけ聞いていればいいから」

「……っ」

「目、つむって」

耳もとでささやかれる、溶けてしまいそうなほどに甘い悠月の声。

どうしてこんな甘い声出せるんだろう。こんな甘い声、反則。動揺しない方が無理だ。

体の外にまで聞こえてしまいそうな鼓動のあわただしさを感じながら、悠月に従い目をつむる。

「あとはどうすればいい……？」

「──俺のことだけ考えてて」

そして。甘いぬくもりが唇の上に落ちてきた。

キスを深めるたびに、手を握りしめてくれる悠月。まるで、怖くない、そう言っているようで。

唇を離すと、悠月が額を重ねてくる。

「ずっと、こうしたかった」

まつ毛がふれあうほどの至近距離で、満たされたように悠月がささやいた。

「悠、月……」

「もう絶対離してやらねぇから。お前の居場所は、俺の隣以外、禁止」

「……っ」

「黙って俺に愛されとけよ」

ふっと余裕げな笑みをこぼしたかと思うと、再びキスが降ってくる。

ついていくので精いっぱいなほど、さっきよりも深い口づけ。こんなキスされたら、愛されてるって実感するしかない。

あまりにも甘くて、意地悪で。

あっという間に、身も心も毒されてしまうのだから、やっぱりあんたにはかなわない。

あとがき

はじめまして、こんにちは！　ＳＥＬＥＮです。

この度は、『素直じゃないね。』をお手に取ってくださり、本当にありがとうございます！

『素直じゃないね。』は、私にとって初めての要素がたくさん詰まった作品となりました。既刊とは違う作風に挑戦してみたのですが、少しでも楽しんでいただけていたら嬉しいです！

主人公のつかさは、最初は男っ気がなかったのに、恋をして身も心も可愛くなっていく、そんな女の子を目指して書きました。明るいつかさが主人公なので、モノローグも増やしてみました♪　そのため執筆時も、さらさら書けた記憶があります。

高嶺は、今まで書いてきた男子の中でも一番のくせものです。でもつかさと同じように、自分の意思で恋をして、一途になっていきます。彼が背負ってしまった過去はとても重いけれど、つかさとの出会いがなによりの幸福であり救いになったのではないかと感じております。高嶺に関しては、キーホルダー事件がお気に入りです！笑作品を通しては、四人の想いのすれ違いが主題でした。うまくいっていたと思ったら一度のボタンの掛け違いでそうはいかなくなってしまったり、大切に思っているからこそすれ違ってしまったり。そんなキャラたちと一緒に、もだもだ泣きキュンしていただけていたら、幸いです！

最後になりましたが、書籍化に伴い多くの方にご尽力いただきました。四冊目の出版という貴重な機会をくださいましたスターツ出版の皆さま。担当編集者の飯野さま。編集の浦谷さま。イラストを描いてくださいました雨宮さま。（思い描いていたとおり、いやそれ以上にとっても素敵なふたりをありがとうございます！）デザイナーさま。感謝してもしきれません。本当にありがとうございました！

そして、『素直じゃないね。』を読んでくださいました読者の皆さま。こうして四回目の書籍化の機会をいただけたのも、読んでくださったり、応援してくださったりしました皆さまのおかげです。本当に本当にありがとうございました！

二〇一八年九月二十五日　ＳＥＬＥＮ

この物語はフィクションです。実在の人物、団体等とは一切関係がありません。

SELEN先生への
ファンレター宛先
〒104-0031　東京都中央区京橋1-3-1　八重洲口大栄ビル7F
スターツ出版（株）　書籍編集部気付　SELEN先生

素直じゃないね。

2018年9月25日　初版第1刷発行
2020年4月1日　　第2刷発行

著　者　SELEN

発行人　菊地修一
イラスト　雨宮うり
デザイン　齋藤知恵子
DTP　朝日メディアインターナショナル株式会社
編集　飯野理美
　　　蒲谷晶子
発行所　スターツ出版株式会社
〒104-0031
東京都中央区京橋1-3-1 八重洲口大栄ビル7F
出版マーケティンググループ TEL 03-6202-0386
（ご注文等に関するお問い合わせ）
https://starts-pub.jp/

印刷所　共同印刷株式会社
Printed in Japan

ISBN　978-4-8137-0533-8　C0193

恋するキミのそばに。

野いちご文庫

可愛いカラーマンガつき！

365日、君をずっと想うから。

SELEN《セレン》・著

本体：590円＋税

彼が未来から来た切ない理由って…？
蓮の秘密と一途な想いに、泣きキュンが止まらない！

イラスト：雨宮うり

ISBN：978-4-8137-0229-0

高2の花は見知らぬチャラいイケメン・蓮に弱みを握られ、言いなりになることを約束されられてしまう。さらに、「俺、未来から来たんだよ」と信じられないことを告げられて!?　意地悪だけど優しい蓮に惹かれていく花。しかし、蓮の命令には悲しい秘密があった――。蓮がタイムリープした理由とは？　ラストは号泣のうるきゅんラブ!!

感動の声が、たくさん届いています！

こんなに泣いた小説は初めてでした…
たくさんの小説を読んできましたが1番心から感動しました
／三日月恵さん

こちらの作品一日で読破してしまいました（笑）
ラストは号泣しながら読んでました。°(´つω·`。)°
切ない……
／田山麻雪深さん

1回読んだら止まらなくなってこんな時間に!!
もう涙と鼻水が止まらなく息ができない(涙)
／サーチャンさん

恋するキミのそばに。

野いちご文庫

大賞受賞作！

「全力片想い」

田崎《たさき》くるみ・著

本体：560円＋税

好きな人には
好きな人がいた
……切ない気持ちに
共感の声続出！

「三月のパンタシア×
野いちごノベライズコンテスト」
大賞作品！

高校生の萌は片想い中の幸から、親友の光莉が好きだと相談される。幸が落ち込んでいた時、タオルをくれたのがきっかけだったが、実はそれは萌の仕業だった。言い出せないまま幸と光が近付いていくのを見守るだけの日々。そんな様子を光莉の幼なじみの笹沼に見抜かれるが、彼も萌と同じ状況だと知って…。

イラスト：loundraw　ISBN：978-4-8137-0228-3

感動の声が、たくさん届いています！

こきゅんきゅんしたり
泣いたり、
すごくよかたったです！
／ウヒョンらぶ さん

一途な主人公が
かわいくも切なく、
ぐっと引き込まれました。
／まは。 さん

読み終わったあとの
余韻が心地よかったです。
／みゃの さん

野いちご文庫＆ケータイ小説文庫

◆SELENの既刊作品！◆

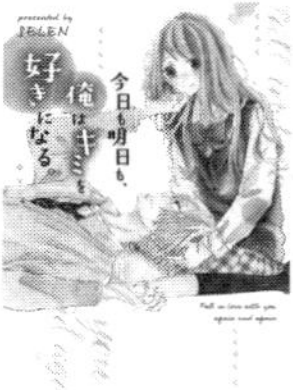

『今日も明日も、俺はキミを好きになる。』

SELEN《セレン》・著

過去のショックから心を閉ざしていた高１の未紘は、校内で人気の明希と運命的な出会いをする。やがて未紘は明希に惹かれていくけど、彼はある事故から１日しか記憶が保てなくなっていて…。明希のために未紘が選んだ〝決断〟は!?　明日を生きる意味について教えてくれる感動のラブストーリー。

ISBN978-4-8137-0801-8　定価：本体610円＋税

『君しか見えない』

SELEN《セレン》・著

幼なじみの楓に再会するため、街に戻ってきた十羽。でも優しかった楓は、過去の傷により毒舌のチャラ男に変貌していた。「もう、十羽が知っている俺じゃない」と突き放されても、十羽は諦めず楓に会いにいく。そんな十羽に楓は心を開くけれど、十羽には楓のために隠した切ない秘密があり…？

ISBN978-4-8137-0391-4　定価：本体600円＋税

『今日、キミに告白します』

高２の心結は、同じクラスの完璧男子・凪くんに片想い。ある日体育で倒れてしまい、凪くんに助けられた心結。意識がはっきりしない中、「好きだよ」と囁かれた気がして…？　など、甘キュンな全７話。人気作家のみゅーな**、SELEN、青山そらら、miNato、ゆいっと、＊あいら＊、涙鳴による短編集。

ISBN978-4-8137-0688-5　定価：本体620円＋税

『モテモテな憧れ男子と、両想いになりました。』

人気者の同級生と１日限定でカップルのフリをしたり、友達だと思っていた幼なじみに独占欲全開で迫られたり、完全無欠の生徒会長に溺愛されたり。イケメンとの恋にドキドキ！青山そらら、SELEN、ばにぃ、みゅーな**、天瀬ふゆ、善生茉由佳、Chaco、十和、＊あいら＊、９名の人気作家による短編集。

ISBN978-4-8137-0816-2　定価：本体630円＋税

書店店頭にご希望の本がない場合は、書店にてご注文いただけます。